vol. 2
快跟超可愛的我交往吧！
三上庫太
ill. Saine

CONTENTS

序章

摺起摺紙，交疊，又再次對摺。

在被夕陽染紅的教室中，日菜乃一個人摺著紙鶴。

既不是喜歡摺紙，也不是擅長摺紙。

只是，不得不這麼做而已。

「距離足量，還有一百隻啊……」

被隱藏在長長瀏海下的雙眼瞥向一旁，將自己摺好的紙鶴與剩下的摺紙做了比對。

這個時候。

「咦，有人在喔？」

「…………！」

聽到教室門口傳來男生的聲音，日菜乃全身僵直。

她非常怕生，要她跟家人以外的對象說話實在難上加難。尤其是年齡相仿的異性。

拜託不要理我，這樣的希求也是徒然，那個人走到日菜乃的座位前。

「果然有人在啊。妳是柊，對吧。」

被人喊名字，她反射性地抬起頭。

他穿著剛買不久而顯得寬大不合身的學校制服，有張掛著和藹可親表情的娃娃臉。

柊認識他。是名為大和的同班少年。

「是、是的。我、我柊……」

面對從未說過話的男性對象，日菜乃的緊張度突破天際。

不過，他似乎毫不在意，拿起桌上的紙鶴。

「這是什麼，在摺紙鶴嗎？」

「是、是的。女子籃球社，那個、這個……」

雖然打算說明，但由於過於緊張，腦袋無法順利運轉。

不過，大和只聽隻言片語似乎就理解了，輕輕點頭。

「嗯嗯，也到三年級引退的時候了，所以才摺紙鶴吧。哇賽，女子籃球社也太辛苦。男子籃球社不用做這種事真是謝天謝地。」

終於在這個時候，她想起這位名為大和的男生是男子籃球社的社員。

應該是有很多朋友吧，他在社團活動的休息時間與朋友的打鬧聲，常常傳到女子籃球社。

是位開朗，交友廣闊的異性。

是跟日菜乃完全相反的人，也是她最不擅長應付的類型。

「不過，怎麼只有妳一個人在摺？女子籃球社還有其他人吧。」

帶著毫無惡意的表情，大和戳中了她的痛處。

「其、其他的成員……有朋友幫忙，已經摺完了。只有我……還沒完成……」

——因為沒有可以拜託幫忙的朋友。

雖然想要繼續說下去，卻因為羞恥而無法出聲。

因為難為情而抬不起頭。被瞧不起怎麼辦。

「欸～這樣啊。那，還差幾隻呢？」

然而，跟日菜乃的擔憂完全相反。大和不知為何自顧自地拉開前方桌的椅子，與日菜乃面對面坐著。

接著，一邊哼著歌，一邊摺起紙鶴。

「咦，那、那個……為什麼……」

面對日菜乃的困惑，大和愣了一下回答。

「什麼為什麼，兩個人一起做比較快吧？反正其他人也有找朋友幫忙，應該不會只有柊不能這樣做吧。」

「是這樣沒錯……」

雖然是這樣沒錯，但他為什麼要幫助毫無關係的自己呢？

儘管帶著這樣的疑問，日菜乃卻沒有膽子再次詢問，為了不跟他四目相接而低下頭，用瀏海擋住視線。

「……哼嗯。」

但是，大和不知道想到什麼，像是獨自明白什麼般地點著頭，開始在口袋中摸索。

「喔，找到了。」

從口袋拿出的是，女用髮夾。

拿在手上，大和從椅子上站起，身體靠向日菜乃。

「柊，別動喔。」

「和、和泉？」

面對大和不明所以的意圖，日菜乃顯而易見地渾身僵硬。

他將手上的髮夾，夾在僵直的日菜乃的瀏海上。

「好，解決。明明要摺紙鶴，瀏海這樣垂著會很難看清吧？」

面帶無憂無慮的笑容，大和如此說道。

的確，這樣視野變得開闊。

「欸，謝、謝謝……」

因為是第一次被異性觸摸頭髮，她愣了一段時間才感到害羞。

「不客氣。其實我是買來給自己戴的，造型很樸素，結果被大家笑說拜託別戴什麼女用髮夾啦……果然還是太冒險了。」

大和苦著一張臉，吐露過往的失敗經歷。

「……呼呼。」

想像那副景象，日菜乃也笑了出來。

這時，大和也一掃臉上的陰鬱，露出開朗的微笑。

「嗯，果然柊還是把臉蛋露出來比較好喔。難得長得這麼可愛，老是低著頭實在太可惜了。」

「我、我才不可愛呢……」

一瞬間解除了緊張感的日菜乃，因為不經意的誇獎，再次變得僵直。

「是嗎？我倒覺得是個打磨一下就會發亮的瑰寶。好，機會難得，那個髮夾就送給柊啊。」

「那、那樣……不行啦。」

「好啦好啦，妳就當作是供養吧。反正我不會再戴上它了。」

話說到此，再拒絕也不好。

日菜乃紅著臉輕點頭。

「謝、謝謝……」

收到了。從男生那裡，收到了第一個禮物。

怎麼辦，是不是該回禮才好。但，現在手邊沒有什麼適合的物品。

可是，也不想被當作是失禮的傢伙……

「那、那個，這個……是我……」

煩惱過後，日菜乃拿起自己剛才摺好的紙鶴，遞過去。

但，很快就冷靜下來。

送這種東西好嗎？說不定會被覺得是個垃圾。

「喔，可以嗎？嘿～摺得很漂亮呢。很厲害耶，柊。」

不過，大和毫不猶豫地收下紙鶴後，露出充滿鬥志的笑容。

「我也不能輸呢。摺個超漂亮的紙鶴給妳看。」

接著，他充滿鬥志地繼續摺著紙鶴。

看到他那副模樣，日菜乃總覺得無端緊張的自己實在有點傻。

「……嗯，謝謝。」

國中入學後的三個月。

這是日菜乃交到第一個朋友的瞬間。

一章 為我的可愛獻上感激

清爽早晨的上學之路。

在這沒有其他學生，快要遲到的路途上，我打著呵欠行走。

「昨天打電動打過頭了呢……」

心心念念的『機械破壞２Ｒ』終於入手，我被滿溢的興奮之情推動著。終於在昨天拆封它。

當然，我是個可以好好在興趣與現實間取得平衡的玩家。不管是多麼想玩遊戲，都會在不影響隔天學業的情況下克制遊玩。

「哎呀，等回過神時都已經是早上四點了。」

我的集中力真不是蓋的。為什麼這股集中力無法活用在學習上呢。

因此。我現在處於快要遲到的情況。

唉，反正不會有等我會合的對象，也沒有需要盡快到校的理由，隨便啦。

「啊，你終於來了！大和，你好慢！」

……明明應該是這樣才對，但不知為何一直以來的會面場所，出現了一名少女的身影。

她有著一頭不會被老師斥責，略顯茶色的中長髮，還有一張一臉不滿反而讓人覺得更加可愛的絕美臉蛋。

她是我的前女友七峰結朱。

「……怎麼了，前女友小姐。我們已經分手了吧。」

我用訝異的眼神看著結朱，她卻裝作沒聽到般地回以笑容。

「不要這樣說嘛，前男友先生，就算分手了也沒有不能友好相處的理由吧？」

一邊說著，結朱靠了過來與我並肩同行。

「欸，是沒錯啦……」

但是，我不覺得她會因為那種可愛的理由在這裡等我。

「那麼，妳等我是有什麼目的？」

「才沒有，跟我這麼可愛又完美的女友分手，擔心大和會不會因此覺得寂寞之類的，有感受到我的貼心嗎？」

結朱自信滿滿地說著。可不可以不要一大早就這副自戀樣會讓我胃痛。

「不是，在文藝社社辦玩遊戲時，一直都在一起吧……」

我們一開始就是假扮情侶的關係，分手後這種關係也沒什麼特別的變化。

「咦～但是早上沒人跟你一起上學，中午也沒人可以一起吃飯。突然跟我拉開距離，我覺得大和一定很寂寞。」

聽到結朱自信滿滿的語氣，我不由得冷哼一聲。

「話是那樣說，但寂寞的是結朱吧？」

「那也有！」

「迅速承認呢，妳。還以為妳絕對會否認。」

意外地同意了。

面對有些愣住的我，結朱彆扭地拉拉我的制服衣袖。

「因為真的很寂寞啊……大和，不寂寞嗎？」

她投來一抹撒嬌又期待的眼神。

被那樣的眼神看著的話，我再怎樣也無法開口反駁。

「欸……多少有一點啦。」

「欸～是吧～？大和真的很喜歡我呢。哎呀，也難怪會這樣了。」

一瞬間就得寸進尺的結朱。早知道就不順著她了。

「所以說，如果大和想要的話，跟你再次交往也沒問題喔？」

「請容我慎重拒絕。」

果斷地拒絕後，她不滿地鼓起臉頰。

「什麼嘛～你對我有什麼不滿啊。」

「就是妳現在這種難以理解的傲慢。」

一而再再而三地用正論回絕後，結朱深深地嘆了口氣。

「真是不坦率呢，大和。那麼用我的魅力為主的進攻就先告一段落，來說商務型話題吧。」

「一開始就給我說正事啊。」

「能夠用我的魅力先籠絡你肯定是最佳方式。」

以略帶埋怨的眼神看著我後，像是要改變話題般輕咳幾聲。

「大和比任何人都明白，我在不久前，人際關係發生了大危機吧。」

「是啊。」

那也是我們交往的契機。

結朱所在的現充集團內發生三角關係，以及與之有關的一連串騷動。

最終，在我不情不願的東奔西走下——以及結朱鼓起的勇氣，算是解決了。

「多虧了大和才得以解決各式各樣的難關，總算避免了最糟的情況……老實說，現在還在修復關係中呢。」

「……哎，再怎麼說也不可能馬上恢復如初吧。」

所謂的人際關係會因為一些枝微末節的小事而發生變化，一旦有所改變就很難恢復原狀。

對於結朱他們來說，接下來才是關鍵期吧。

「就是這樣。尤其現在處於微妙地敏感，大家都戰戰兢兢的。非常不穩定。這時候再加上大和跟我的偽裝情侶關係也消失的話……你覺得會發生什麼事？」

「啊……」

會怎麼樣呢。

假裝情侶這層關係，就是為了「結朱不想跟櫻庭交往」而特意設下的防線。

如果那個事實曝光的話……不，正因為已經曝光了，解除假扮情侶關係這件事，可能給那個團體傳達錯誤的訊息。

看到完全單身的結朱，喜歡她的櫻庭會如何行動呢？

即使櫻庭沒有行動，喜歡她的小谷又會如何呢？

「唔哇，光想像就覺得好煩……」

絕對，會出現互相猜忌。

「對吧。」

結朱的神情有些疲憊。

最少，我們分手這件事確實不會帶來好的影響。

「而且我這麼快分手的話，會給人輕浮女的印象。為了建立一個痴情女子的印象，希望大和可以再陪我一點時間。」

「……那麼，對我有什麼好處？」

由於有會再次被捲入麻煩事的預感，伴隨著警戒心詢問後，結朱露出最棒的笑容。

「呼呼呼。大和可能忘了一件事，文化祭快到囉。」

「啊，這麼說來確實是。那，跟文化祭有什麼關係？」

「當然有囉。報酬就是能在文化祭時跟我約會。這之後還有聖誕節跟新年等節日吧？跟我做為情侶一起度過……還有比這些更好的報酬嗎？」

「也就是說，免錢工具人吧。」

「可以這麼說。」

結朱再次爽快承認。

老實說，是相當不划算的提案。

若是九月份的我肯定會拒絕。話說實際上，在同樣的條件下，我也是拒絕了一開始結朱對我的告白。

不過——

「……欸，真拿妳沒辦法。做為之前工作的售後服務，就接下吧。」

當我接下委託後，結朱的表情瞬間開朗起來。

「真的？你真是通情理呢！」

「對吧，好好感謝我。」

「嗯！多虧了我吸引人的魅力！為我的可愛獻上感激！」

「妳真強耶結朱。這種時候還可以自吹自擂的，世界上應該唯妳一人。」

在我訝異到佩服時，結朱輕輕握住我的手。

「當然，也很感謝大和喔？」

「……妳這個小機靈鬼。」

就算是不自覺，但對於稍微心動的自己感到懊惱。

——因為所以，明明才終於從委託中解放不久，我又捲入了新的麻煩事中。

我們一起進入教室後，同學們只是瞥了我們一眼便迅速移開目光。一開始訝異於陰角跟現充交往的他們，過一個月後也習慣了，不會做出太大的反應。

在這之中，只有一個人出現了額外的反應。

他是結朱的好友，生瀨。

「喔，這樣就全員集合了呢。兩人快坐下吧。那我們開始討論。」

被捲入前幾天的糾紛中，知道偽裝情侶內幕的他，看到我們一同上學時雖然感到些許意外，但沒有多說什麼，只是不知為何站在臺前。

我跟結朱也面面相覷後，雙雙坐回自己的位置。

確認全員入座後，生瀨開口道。

「好~我想說一下三週後即將到來的文化祭。」

這麼說來，生瀨似乎是文化祭的執行股長。

雖然我不怎麼積極地參與，但我們班展出的項目似乎是喫茶店。

「今年的文化祭是在十月三十日、三十一日兩天舉辦，學校全體統一為萬聖節裝扮，這點大家都知道了吧？」

沒錯，在文化祭執行股長與學生會長的主導下，統一全校的世界觀。

因為往年沒有類似的案例，可以預想會發生各種問題……難不成我們班也出了什麼狀況？

「啊，話先說在前頭，我們班的準備工作非常順利。可以說是一年級中最順利的。」

就如同讀到我的心聲般，生瀨追加說明。

只是，表情並不開朗。

「不過，因為太過順利……有人來問能不能幫忙其他團隊。有好幾個社團的準備似乎趕不上了。」

原來如此。就是所謂的能者多勞嘛。

在我如此理解時，一名男同學一臉尷尬地站了起來。

瘦長的身形，修剪整齊的頭髮，是名爽朗的帥哥。

他是櫻庭颯太。

「抱歉，沒準備好的，是我們籃球社。」

明明不是他一個人的責任，他卻滿臉歉意的表情，跟大家自首。

「雖然很不好意思，但希望有兩個人可以來幫忙。」

儘管櫻庭如此詢問，但班上的同學個個一臉嚴肅。

「我也有社團活動……」

「我也是……」

就算櫻庭再怎麼有人緣，這種忙碌時期忽然請求幫忙，看來也很難獲得幫助呢。

這時，我看到某個女同學。

是位有著亞麻色的長髮，雖然身形嬌小卻相當有存在感的少女。

小谷亞妃。

對櫻庭有好感的她若能有所行動是最好的——

「…………」

——毫無行動，啊。

是對於戀愛晚熟的個性嗎，還是因為正處於人際關修復期呢？

小谷似乎猶豫不決，目光一直不斷猶疑。

這樣的話，就沒辦法了。

班上開始飄散著些許沉重的空氣。

我也如同以往，事不關己地旁觀著，這時意外地……不，應該說理所當然地，某位擅長察言觀色的女生舉起手。

「我，可以幫忙喔。」

不用說，自然是結朱。

這個自戀的傢伙明明最喜歡自己，卻不以自己為中心，而是處處為周遭的人著想。

看到她毛遂自薦，生瀨一臉尷尬。

「那個……可以嗎？小結朱。」

正因為生瀨比任何人都還要清楚結朱跟櫻庭的尷尬關係，她的毛遂自薦讓他既感激又為難吧。

「嗯，無法放著有麻煩的人不管。」

結朱爽快地點點頭。

看到此，我不禁看向小谷。

「……！」

——唔哇，渾身僵直。

哎呀，也難怪會這樣。在如此微妙的關係中，來這一招。

小谷、櫻庭、生瀨，以及沒有表現在臉上的結朱，都在心裡相當擔心他們之後的人際關係才是。

「呃，還有一位自願者嗎？」

生瀨接受了結朱的自薦，並再次募集新的協助人員。

他的表情，流露出無論如何都希望有個人來當緩衝物。

這樣的話，就沒辦法了。

「……我來吧。」

百般糾結之後，我緩緩地舉起手。

畢竟我是最容易防止結朱跟櫻庭通過文化祭而親近的人選。

清楚傳達我跟結朱一起的訊息的話，小谷也能放心吧。

雖然不太情願，但也算是售後服務的一環。

「和泉，可以嗎？」

生瀨小心翼翼地詢問。

相對於他的態度，我站了起來，壓下各種感情後點點頭。

「理所當然吧？你想，我可是結朱的男友！跟女友兩個人一起準備文化祭，感覺很開心呢！」

我半自暴自棄的炫耀迴響在教室中。

「那個……小結朱也覺得可以嗎？」

班上的人因為我大秀恩愛而理解的樣子，只有知道我們是假情侶的生瀨反而感到疑惑，向結朱確認。

這時，她也露出微笑，點頭道。

「嗯，也不能讓男友因此感到寂寞。不好意思，就讓我們一起幫忙吧。」

喂，為什麼這傢伙擺出一副「成熟女友應付撒嬌男友」的樣子啊。

我才是支援的那一方吧！完全無法接受！

「那我知道了。就麻煩兩位協助籃球社了。」

看到我們一搭一唱，生瀨似乎察覺了什麼，也不再多問，繼續文化祭的話題。

但，班上同學都無法專心在他身上，反而給予我跟結朱溫暖的眼神。

哈哈……殺了我吧。

「真是的～大和還真是喜歡我呢。不管怎麼說，在大庭廣眾之下那樣秀恩愛，我還是會害羞的～」

午休時。

一如往常在文藝社社辦享用午餐時，結朱心情超級愉悅地向我發著牢騷。

「……妳說說是因為誰的錯，才害我得在大眾面前秀恩愛啊。」

隔著桌子，坐在她對面的我邊抱怨邊瞪著結朱。

但，心情超好的自戀狂似乎變成無敵狀態，笑著回我。

「當然是我的錯囉。都怪我太有魅力了，讓大和無法控制自己的愛意。」

「……話題就到此為止吧。」

跟無敵狀態的敵人發生戰鬥毫無意義。

明明接下來要幫忙文化祭準備，但我已經陷入疲勞困頓。

「開玩笑的啦，對不起嘛。我很清楚大和是在配合我。做為謝禮，晚點我幫你掏耳朵吧。」

「不用了……」

要是有更加具體一點的謝禮，我倒是很樂意收下，但為什麼要提出這種有些羞恥的方案啊。

「比起那個，小谷有對我們再次交往的事情說些什麼嗎？」

要是沒有這個前提，我的存在就毫無抑制力。

「嗯，午休的時候說過。不僅亞妃，也跟颯太還有啟吾說了。」

這樣的話，總算是又恢復原樣了吧。

我窺視四周，確定沒有其他人後，靠近結朱的耳邊說道。

「還是跟他們說我們是假扮情侶嗎？」

即使假裝情侶的事情曝光了，我想多少還是有些抑制力，當然如果是真情侶的話效果更高。

話說回來，小谷他們也不是笨蛋，也不會這麼輕易受騙。

「沒有喔。我跟他們說這次是真的交往。然後他們就說，『啊～原來如此。嗯，也該會這樣吧。』。」

「這、這樣啊。」

明明沒被懷疑是件好事……但怎麼搞的，這股無法釋懷的感覺。

周圍到底是怎麼看待我們的呢？

在我漸漸想出一個微妙且讓人討厭的結論時，結朱露出稍微認真的表情。

「欸，以防萬一，我覺得我們應該開始收集一些我們真的有在交往的證據。」

「是、是啊。嗯，他們一定真心在懷疑。」

一定是這樣沒錯。不會真心相信我們才對。一定，大概，可能。

「話說回來，籃球社打算在文化祭舉辦什麼？」

為了逃避現實，我轉而切入主題。

「聽颯太說，籃球社會如同以往傳統舉辦話劇。好像是為了增加上場的膽量。」

「喔，欸，對籃球社來說是必須的。」

的確，無論練習時多麼上手，正式上場時卻無法發揮的話，就毫無意義。

是判斷選手是否具有這種素質的好機會。

話說回來，有一點讓我很在意。

「要舉辦話劇的話……我們也要上臺的意思？」

我不禁露出苦瓜臉。

雖然不知道曾任現役籃球員時候的我做不做得到，現在的我是最不具備那種素質的傢伙。

是身為陰角的我極力想避開的工作。

「不會，我們是幕後工作。幫忙做些小道具或是大道具。欸，做為後備演員可能會參加一些彩排就是了，但不會正式上場。」

「太好了，要我去當演員的話就饒了我吧。」

聽到結朱的話，我鬆了口氣。

「我倒是可以上臺呢，不過討厭那種情況。」

「……的確很適合妳呢。」

頭腦聰明應該很容易記住臺詞，也有膽量上臺。說不定是最棒的人才。

「喔，果然大和也覺得我的可愛很適合上臺對吧？」

「我可沒有評價到那種程度。」

一個不注意，結朱就會在心中產生扭曲的解釋。

「不用害羞嘛。我的可愛程度的確很適合上臺呢。但是，大和要多點危機意識比較好喔。我如果出現在大眾面前，你的情敵可是會增加的！」

「之前宣告說要成為痴情女的，是哪邊的哪一位啊。」

我賞了她一記白眼後，結朱像是被戳到痛處般皺起眉頭。

「糟糕，這樣一來讓大和焦躁不安，進而重視我的計畫就……」

「打從一開始就漏洞百出的計畫。」

在聊著這些五四三的時候，雙方都吃完了午餐。

收拾飯盒並看向時鐘，發現午休時間還相當充裕。

「還有時間呢，去玩一下遊戲？」

因為在意剛玩不久的ＲＰＧ後續，我試著邀請後，結朱搖了搖頭。

「下次吧。現在還有其他該做的事情吧。」

「該做的事情？」

面對複誦般反問的我，結朱不知為何露出帶點惡作劇的表情，從包包拿出某樣東西。

一瞬間，還以為是筆。這個有個貓手般曲線的竹棒是——

「……掏耳棒？」

沒錯，那是掏耳朵時用的物品。

「沒錯，剛才說要給你獎勵了吧。好，快過來。」

結朱砰砰地輕拍自己的大腿，呼喚我。

「……我剛才已經拒絕了才對。」

我不禁退縮，結朱嘟起嘴。

「什麼嘛～難得想給你一點獎勵的說。」

「妳是忘了之前連膝枕都無法成功嗎？」

讓我想起之前一時興起挑戰膝枕，結果敗在雙方的羞恥感上。

結朱似乎也想起那件事，儘管臉色略為羞紅，卻毫不退縮。

「之前是之前。現在是現在。我們經歷過了這麼多場ＢＯＳＳ戰，跟那時候相比，等級應該提升不少。現在一定辦得到！」

「BOSS……有打贏過嗎？」

只記得一直在狩獵史萊姆。

「打倒囉。所以快過來。Hurry up 喔。」

結朱再次砰砰地拍著自己的大腿。

完全沒有打消念頭的意思……如果拒絕的話，可能會不再幫我做便當，我嘆了口氣放棄掙扎。

「那……我知道了。」

「嗯，來吧！」

我下定決心後，坐在結朱旁邊的椅子上，慢慢地將頭靠向她的大腿。

感受到大腿的柔軟，以及肌膚的體溫，心跳很自然地加快。

「唔……果、果然會害羞。」

「那，別做吧？」

「不、不要。」

「是、是喔。」

話說到一半就結結巴巴的，簡直毫無成長。

「好、好喔！開始掏耳朵囉！呼～……總覺得有點緊張，手都在抖呢。」

「喂，我好像聽到很可怕的字眼喔。」

「啊，別動！很危險耶。」

當我想要迅速逃跑時，結朱一把按住我的腦袋。

這樣的話，只能祈禱結朱不要手誤。

「要開始囉。」

一說完，掏耳棒接觸到我的耳內。

跟自己掏耳朵不同，總覺得有種搔癢與心悸。

「如何，舒服嗎？」

「總覺得癢癢的。」

物理上是如此，精神層面上也是如此。

像這樣，自己無法行動的情況下，將全身交給結朱的感覺，以及因為無法動彈導致意識集中在結朱的大腿上等部分。

從沒想過掏耳朵原來是這麼羞恥的事情。

「好，這種感覺嗎？那麼最後……呼～」

剛想結朱到底在說些什麼時，突然耳朵就被吹氣了。

令人心悸的搔癢感達到最高峰，我不禁摀著耳朵抬起上半身。

「妳、妳啊……」

唔哇。耳朵好熱。肯定因為剛才的那記吹氣而通紅吧。

「啊哈哈。一不小心就惡作劇了……抱歉喔？」

「算了……」

我因為過於羞恥導致氣力被漸漸削弱，無力再責備她，便稍微遠離她。

大概是對於我的樣子感到奇怪，結朱疑惑問道。

「哎呀？反應不大呢。難不成大和也覺得挺棒的？」

「怎麼可能啊。」

我板起臉來瞪著她，但對結朱毫無效果，而且不知為何還將手機畫面展示給我看。

「是嗎？不過你卻露出很享受的表情呢。」

一看畫面，是我躺在結朱的大腿上，結朱幫我掏耳朵的畫面。

「什、什麼時候拍的!?」

「剛才囉。」

失策啊……！因為光是忍住羞恥感就耗費全身力氣，完全沒察覺到拍照的喀嚓聲。

「刪掉！」

我打算搶奪手機而伸出手，她迅速閃開。

「才～不～要～呢～剛才不就說了。最好讓亞妃他們看到我跟你確實在交往的證據啊。」

聽到這句話，我頓時臉色鐵青。

「難、難不成妳還要給其他人看這張照片!?」

「當然！」

這傢伙是惡魔嗎！

「如果不將這張照片給他們看，或許他們又會產生其他的懷疑呢。這樣大和也不樂意吧？」

「那個……確實是。」

「所以說，當然要將我們愛情滿溢的這一張照片給亞妃看囉？」

「那個……但是啊……」

撇除我超級羞恥的這一點外，結朱說得是毫無破綻、完全正確的話，實在想不到反駁的話。

「沒問題啦，給他們看這種照片沒什麼大不了的喔。大和有多愛我是眾所皆知的事情嘛，畢竟在教室中說了那種秀恩愛的話。」

「不就是因為妳的關係嘛!?」

儘管如此，我確實有種為時已晚的感覺。

班上的同學已經深刻體會我的「最喜歡結朱的宣言」，即使是知曉真相的小谷他們，若是收到這麼糟糕的照片，也會留下錯誤的印象吧。

「難道我已經沒有夥伴了嘛……」

「不就有我在？」

「妳才是頭號敵人啊！」

——我這樣的大喊也是徒勞無功，數分鐘後掏耳朵的照片就傳送到小谷的手機中了。

放學後。

從今天起開始協助籃球社的我，跟著結朱一起前往體育館。

「嗯~……體育館啊。」

仰望著熟悉的設施外觀，我靜靜地低喃著。

前不久，才在這裡發生賭上眾多事物的決戰，總覺得不太舒服。

而且，身旁還有個結朱在的事實，更是助長了這份不舒服感。

「呼呼，這裡是大和為了我努力過的回憶場所呢。」

如我所料，她又開起了玩笑。

「無論是那時還是現在，都只是完成工作而已。」

「又來了，又在害羞了~你這個害羞鬼。」

她用手指一下又一下地戳著我的側腹，但我不管她而走進體育館。

「打擾——」

「回防，回防速度太慢了！球進網後不要發呆啊！」

一進去，便聽到活力滿滿的聲音與籃球彈跳的震動聲響徹體育館中。

我跟結朱不禁面面相覷。

「……我以為他們會在準備文化祭。」

「很平常地在練習籃球呢。怎麼辦呢，大和？」

現在不適合打擾他們，我跟結朱短暫欣賞了他們的練習。

看來目前正處於戰況白熱化之時，大家全神貫注於練習中，沒有人察覺到我們的存在。

這時，我發現了一件微妙的事。

「總覺得人有點少呢。」

明明是分組對戰，某一方卻只有四個人，有點不自然。

「啊，這麼說來，聽說二年級得去參加試前補習。」

「這樣就只有一年級啊……不過，現在就在準備大考啊，真辛苦。」

想到這是明年的自己，我不禁露出苦瓜臉。

「文化祭的準備會來不及也是因為這個原因吧。二年級幾乎都不會參加。」

「那還真是麻煩。欸，如果主成員是一年級的話，我們也比較好溝通，反而是好事。」

接著，在我向結朱詢問籃球社的內部事情時，通知分組對戰結束的蜂鳴響起。

從分組對戰中離開的櫻庭，似乎總算發現我們的存在。

「啊，結朱跟和泉。」

「辛苦了，颯太。看來你非常活躍呢。」

「啊哈哈。因為學長們不在呢，就放開來了。」

微笑向他搭話的結朱，以及圓融應對的櫻庭。

從旁人來看，應該只會覺得兩人是普通的朋友，在知情的我的眼中，是稍微生硬的對話。

雖然看不見，卻確實存在的一面巨大牆壁——不，與其說是牆壁，反而該說是結痂，就是這樣的東西。

……欸，正如結朱所說，關係修復就是這麼回事吧。

雖然說兩個人的傷痕無法痊癒，但還是在交涉妥協下緩和傷口。

這不光是他們，小谷或生瀨也是。

「和泉。」

跟結朱談話告一段落後，櫻庭喊了我的名字。

「之前給你添了不少麻煩呢。欸，這次也麻煩到你就是了。」

櫻庭一邊苦笑，一邊對我說著。

……從那件事之後，我跟他幾乎沒什麼交流，我自己也是頗尷尬。

「也沒有啦，我一直都是為了我自己而行動。之前是，現在也是。」

「這樣啊。」

櫻庭簡短回了一句話。嗯，果然無法繼續交談。

我用眼神向結朱求助，她似乎也察覺到了，馬上拋出下一個話題。

「吶，看你們普通地在進行社團練習，文化祭那邊沒問題嗎？」

聽到結朱的話，櫻庭的臉色凝重起來。

「老實說，才不是沒問題呢。不過，女籃球社不行動的話，我們這邊也束手無策。」

聽到櫻庭有點惱怒的語氣，好像多少可以窺視到內部狀況。

「原來如此。籃球社的文化祭是女籃球社主導啊。」

「是啊，原本男子籃球社就比較以社團活動為優先。根據傳統，文化祭這一塊是由女生那邊準備……但今年看起來不太行。」

所以就變成男子這邊只能乾等的狀態。

「那麼，最重要的女生成員在哪裡呢？」

結朱東張西望地環顧四周。

這麼說來，從剛才開始就沒看到女生。

「應該正在討論文化祭要演出的節目。我想應該快回來了。」

三個人的視線都集中在體育館的大門。

這時，正巧看到某位女同學回來了。

「啊，國江同學。喂～！」

被櫻庭一喊，那名喚作國江的少女嚇了一跳，接著眼神四處游移。

看到那種舉動就能知道。這個人跟我一樣是陰角。

有個陰角男友的結朱應該也注意到了，以手制止了櫻庭。

「這樣大喊可不好喔，颯太。我跟大和去問她吧。」

「我也要啊。」

語音剛落，結朱就抓著我的手，走向國江同學。

「那、那個……呃……」

面對宛若小動物驚慌般的國江同學，結朱為了讓她安心，露出了親切的笑容。

「不好意思，突然大聲喊妳。我是七峰結朱，請多指教。」

「是、是的……」

看得出來國江的警戒感變低了，真不愧是交涉力之怪。

「想請問妳關於文化祭的事情，國江同學，知道大概嗎？」

「那、那個啊……」

被詢問的國江同學，像是不知道該如何解釋般支支吾吾。

她看起來有點難以啟齒，試著詢問別的問題吧。

「其他的女生球員在哪裡呢？」

雖然因為我忽然的詢問而嚇了一跳，但比起結朱的詢問更容易回答吧，她緩緩地說。

「還，還在討論……中……快結束了，我就先過來準備練習……」

「也就是說，討論已經快有結論了吧。」

「應該是的。」

這樣的話，就沒有必要繼續抓著她不放。

「這樣啊，謝謝妳。不好意思打擾妳練習了。」

「不、不會，我先走了。」

國江同學彎腰謝禮後，在距離我們稍遠的位置開始準備起來。

——看到她的樣子，我忽然想起一段懷念的過往。

是我還在國中籃球社的時候，也遇過這種感覺的人。

「大和，為什麼一直盯著小國江呢。」

大概是那抹視線太過露骨，結朱眼尖地指出。而且，似乎有些不滿。

「難不成，在有我這麼可愛女友陪在身邊的情況下，還迷上那個人？那樣的話，我也是會吃醋的喔。」

噗的一聲，結朱故意鼓起臉頰，似乎在表示不滿。

「才不是。」

「你喜歡那種類型？」

儘管我否定了，結朱還是不停止詢問。

「不是不是，沒有特別用異性的角度看待她。」

「雖然不是以異性角度看待她，但還是有被吸引的部分呢。哼嗯～欸～」

實在是很敏銳呢，這傢伙。

眼神游移著思考有沒有可以轉移的話題，有如神助般，女同學們成群結隊地進入體育館。

「喔，女子籃球成員回來了呢。這樣就能問清楚了！」

「……很明顯在敷衍我。」

雖然結朱仍然對我投以懷疑的眼神，但覺得不能放著要事不管，所以即使不滿卻沒有繼續追問。

這時，其中一名女籃球員離開人群，朝著國江同學奔去。是國江同學的朋友吧。這樣的話，我們也能順利搭話了。

「好，就跟那個人……搭……話。」

話說到一半，我不禁啞口無言。

「啊，早苗！抱歉喔，讓妳一個人準備——咦，大和？」

——這就是所謂的說人人到吧。

漫不經心搭話的那位女生，是我熟悉的……不，之前很熟悉的少女。

及腰的黑長髮。外貌雖然不像結朱或是小谷那般漂亮，還是十分可愛。

「日菜……」

柊日菜乃。

我的國中同學。

「…………」

「…………」

沉默。

實際上只過了一秒吧，卻感覺一小時長的僵直。

但是，日菜打破了沉默，露出友善的微笑。

「哇，好久不見～怎麼了，大和，你想加入籃球社嗎？」

日菜像是無事發生般地向我搭話。

——啊，原來如此。是那種立場吧。

「不是，是來幫忙文化祭的。聽說籃球社的準備大延遲，所以被抓來幫忙。」

跟日菜一樣，我也戴上平常心的假面回答道。

「嘿～是來幫我的嗎？真像是你會做的事。」

「是來幫籃球社的全員。妳有聽到我說的話嗎？」

「就當作沒聽到囉。」

「展開無敵防護了是吧。真拿妳沒辦法，隨妳解釋吧。」

「好耶。」

僅僅通過這段互動，不禁確認彼此的距離感。

「小柊，妳跟我的男友感情不錯的樣子，你們是國中同學？」

總覺得結朱強調「我的男友」這幾個字，並露出一個過於矯情的笑容，加入對話。

不過，不知道是沒留意到話中帶刺的部分，還是注意到了卻充耳不聞，日菜開朗地點點頭。

「嗯，以前同樣是籃球社的。所以今天還以為大和要回歸籃球社了呢……」

日菜意味深長地瞥了我一眼。

但，沒有這種打算的我，臉色沉重。

「別說傻話了，事到如今不打算加入籃球社了，再說也無法跟上練習。」

我現在可是虛弱的室內派。

怎麼可能跟上如此強勁的吾校籃球社。

「是嗎？大和以前很厲害呢，現在應該也能得心應手。」

對於過大的評價，我聳了聳肩。

「辦不到啦。之前跟櫻庭一對一單挑時，被壓著打呢。」

我這麼一說，日菜瞠目結舌。

「咦，你跟櫻庭一決勝負了？欸，真讓人意外。」

「因為一些事情啦。欸，結果根本贏不了，比了兩次輸了兩次。」

我想起過去的失敗，不禁一副苦瓜臉，日菜看到我的表情露出苦笑。

「那是因為，大和是ＰＧ（控球後衛），和身為Ｆ（前鋒）的櫻庭比賽相對不利吧。」

「欸……也是啦。」

ＰＧ是司令塔。

並非單純的單人得分，而是率領己方戰鬥，團體戰的專門家。

擔任這個位置的人往往比其他位置的人有著體格劣勢，一對一時確實會處於下風。

「實戰的話就不一樣了。對了，乾脆試著參加男生的分組對戰吧。今天的人好像不夠。」

「恕我拒絕。說真的，就說了我今天是來幫忙文化祭的。」

果斷拒絕後，日菜稍微思考了一下後，露出惡作劇的微笑。

「嗯~……那麼，如果你贏了分組對戰就跟你說文化祭的事情。如何？」

「妳啊……好吧。只能一小節喔。」

我判斷比賽會快一點獲得資訊，便同意日菜的提案。

「就是要這樣。女友也會想看到你帥氣的一面吧。」

捉弄般地說完後，日菜走向男子籃球部。

「加油喔，大和。」

我看向一旁，滿臉微笑的結朱送來應援。

「喔，喔。」

可怕。超級可怕。

這傢伙，是很在意外人評價的女人，雖然表面上什麼都沒說，總覺得內心藏著什麼。

「大和，男子籃球社也說ＯＫ喔。」

兩人獨處的時候真的很可怕啊……在我渾身顫慄時，跟男生們談過話的日菜朝我揮揮手。

「我、我知道了。我去拿球鞋，等等。」

儘管思考著該怎麼解釋，但我還是半逃避地逃離現場。

該說是時間正好……因為覺得帶回去很麻煩，之前帶來的籃球鞋就被我放在文藝社社辦了。

我取來球鞋並做好準備後，站上了球場。

已方是四人，敵人有五人。

看到時隔一年的光景，我不禁有種獨特的感嘆。

「這次是隊友呢。我很期待喔，和泉。」

跟我分在同一組的櫻庭，用著爽朗的表情給予我壓力。

「別有期待啊。不如說，請盡可能多給我些支援啦。」

「啊哈哈，了解。」

我一臉陰鬱地拜託他，櫻庭似乎覺得我在說笑，開心地笑了。

接著，全員就定位。

「那麼，開始吧。」

擔任裁判的日菜把球往上一拋的同時，比賽開始。

雙方的中鋒都高高跳起，準備搶球。

得手的是——櫻庭。

趁著對手還來不及重整狀態，立刻帶球速攻。

「休想！」

但，敵方的一人反應過來，迅速擋在櫻庭的前方，阻止他上籃。

「和泉！」

下一瞬間，櫻庭就將球傳給不遠處的我。

在三分線外接到球的我，屈膝做出投籃的姿勢。

「投籃嗎!?」

敵方球員對摸不清底細的我的這番舉動嚇了一跳，趕來阻止。

但，這是假動作。

我運球突破前來防守的球員，再次將球傳給櫻庭。

「櫻庭！」

「好！」

甩開防守員的櫻庭一接下我的傳球，便踏著輕盈的步伐，使出一記跳投，先得一分。

「和泉，傳得好！」

「喔。」

櫻庭抬起手試圖和我擊掌，我也輕抬起手回應他。

我的位置就是司令塔（控球後衛）。

這個位置涉及多種多樣的工作，簡單來說就是將球傳給能夠得分的己方。

己方有個得分好手的櫻庭，基本上把球傳給他即可。

接著，在比賽開始後約五分鐘，我以櫻庭為主體的攻勢便成形了。

「快阻止櫻庭！兩人去擋他！」

被各種得分之後，對方的控球後衛，下達明確指令。

就是讓兩人防守櫻庭的戰術。

這樣的話，剛才的攻勢確實不能再使用——但，這世上沒有完美的陣型或是戰術，若重點防守一人的話，球場的其他地方便會出現漏洞。

「我們從外側進攻！籃球板靠你們了！」

我對己方下達指令後，將球傳給ＳＧ（得分後衛），切換成以三分球為主的攻勢。

指揮就是ＰＧ的命。對陰角來說是辛苦的工作，不過也沒辦法。

我們持續保持這種攻勢，應對對方的策略，又或者被對方應對的同時展開激烈對戰，很快便來到約定的第一節截止時間。

最終，因為櫻庭的力量，我們獲得勝利。

「哈……快累死。」

只不過，因為我有著長時間空窗期，體力已經完全見底，直接一屁股地坐在地上。

「和泉，做得好。多虧你，我們贏了。」

看起來還活蹦亂跳的櫻庭對我慰勞道。

「沒有沒有，在我快撐不住之前，蜂鳴器能響起真是太好了。」

如果還要進行第二節，肯定會動也不動，直接原地往生。

「啊哈哈，完全不覺得你有空窗期呢。如果還有興致的話，隨時可以來比試喔。」

「……要是有興致的話呢。」

我的體力在交談期間逐漸恢復，總算站了起來離開球場。

接著，在一旁看著比賽的結朱，雙眼發亮地靠了過來。

「辛苦了，大和。今天終於讓我看到了你的活躍呢。」

應該是忘掉了剛才的不愉快，結朱看起來很開心。

這麼說來，還是第一次讓她看到我勝利的比賽。

「欸，這次多虧了我方球員。」

有像櫻庭這樣強力的得分能手，身為PG的我相對輕鬆。

「明明一直給己方球員下達指令，果然大和只是裝成陰角吧。」

感覺被加上了奇怪的誤會，誰在裝陰角啊。

「那是什麼鬼稱呼……先說好，陰角可不代表不愛說話。只是不知道如何交流，所以最後只好沉默。」

我是那種，面對能夠安心的對象，或是有共通話題的情況下，就能普通交流的陰角。

尤其很習慣在籃球比賽時下達指令，所以在球場上的時候我會比平時更多話。

「原來是這樣啊。不過，大和好像比之前厲害呢？」

結朱像是回憶剛才的比賽般看著虛空，不可思議地歪頭疑惑。

輕度的運動最適合當成RPG的短暫休息。

「嘿～難不成，因為輸給櫻庭所以不甘心？」

結朱以帶點惡作劇的口吻說著，並窺探著我的表情。

「怎麼可能啊……對手可是現役球員耶。」

就像對日菜說的一樣，本來就是難以獲勝的戰鬥，兩次皆輸早已成定局。

「這樣啊。那麼不是因為輸掉這件事，而是因為在我面前輸掉才不甘心？」

「……怎麼可能啊。」

「啊，剛才停了一下。」

結朱從對話中揣測出我的心聲。

「不是，就說沒有了。」

即使否定，結朱也不打算聽進去，一副讓人火大的樣子說道。

「嗯嗯，今天能在可愛的女友面前表現出帥氣的一面真是太好了呢。很帥喔～大和。」

「煩死了！」

一邊後悔自己不小心露出破綻，一邊從結朱那讓人火大的表情上移開視線，這時看到跟男子籃球員說完話後，朝著我們走來的日菜。

「辛苦了，大和。身手果然還沒變鈍嘛。」

又來了，這個人也有自己的好心情。

「客套話就免了，很明顯身手變鈍了。」

身為有經驗者，又知道我現役時代的身手的日菜，肯定明白剛才的打法有多糟糕。

「是嗎？那麼說實話，大和確實變弱了。以前明明還可以多動個幾下。」

「……妳這樣說實話，也是滿讓人不爽的。」

看到我一臉不滿，日菜覺得有趣吧，呵呵地笑著。

「比起那個，按照約定跟我說文化祭的事情吧。」

不想再扯出不合適的過往，我將話題引導回正題。

「哎呀，確實該跟你說。」

日菜看來也不想再推遲文化祭的正事，順著我的話題。

「我們預計進行戲劇。劇名為『仙履奇緣』……劇本今早才剛出爐，接下來才準備排演。」

「『仙履奇緣』？沒有萬聖節的要素吧？」

對於意料之外的項目感到稍微困惑，被直擊痛點的日菜露出苦笑。

「就是因為這樣才拖延到現在。執行股長審議後說，『因為有南瓜馬車算是沾上邊』這樣。」

「也太隨便，喂。」

拖延時間到最後一刻，決定又下得草率。

「吶吶，柊同學飾演哪個角色？」

結朱一問，日菜害羞地移開視線。

「那個……仙杜瑞拉。」

「哇，女主角耶！」

跟坦率露出驚訝的結朱相比，我稍微感到擔心。

「沒問題嗎？日菜，以前不太擅長拋頭露面吧。」

下意識地脫口而出，日菜稍微彆扭地嘟起嘴。

「那是以前的事了，現在沒問題。」

「真的嗎？妳從以前就會固執在奇怪的地方。」

「大和才是，從以前就在奇怪的點上過度保護呢。」

可能是因為鬧彆扭的關係，日菜的口吻變得有些孩子氣。這一點也是沒有改變呢。

「那麼，我要幫些什麼才好？聽說是做些幕後工作？」

結朱在非常不自然的時間點，打斷我跟日菜的對話。

「啊，嗯。製作些小道具，陪對劇本這樣。材料的話應該會由文化祭執行股長統一採購。」

「了解，那麼，看來去一趟執行股長本部比較好呢。」

「那樣的話就幫上大忙了。因為我們接下來要排演戲劇。」

或許是為了打起精神吧，日菜將黑長髮綁成馬尾，用又舊又便宜的髮夾夾起瀏海。

看到那個髮夾，我不禁睜大雙眼。

「那個髮夾，妳還戴著啊。」

「嗯，因為很喜歡它。」

「……這樣啊。」

總覺得，有種奇妙的情感縈繞於心。

在我不知該如何表達，打算開口的瞬間——

「那麼，一起努力吧！對吧，大和。」

——結朱異常大聲地插入我們之間的對話。

而且，不知為何還是緊貼著我說著。

「喂，搞什麼。別貼這麼近。」

「咦~我們正在交往啊，這很正常吧。」

是假情侶吧，而且現在還是售後服務……雖然很想說這句話，但還是忍住。

「就算如此，現在有人在旁邊耶。」

如此指責之後，結朱終於放開我。

「好~為了盡情親熱，我們現在就離開體育館吧。」

說完，結朱拉著我的手，硬把我拉向體育館出口。

「喔、喔。抱歉喔日菜，掰啦。」

「嗯，兩位，慢走喔。」

在日菜的目送下，我跟結朱離開體育館。

她剛才比賽後的好心情跑哪去了，結朱沉默不語，緊張的氛圍充滿兩人之間。

……那麼，到底是怎麼了呢？

被包裹在比剛才比賽時更大的緊張感中，當我們來到空無一人的走廊一角時，結朱突然停下腳步。

啊，時候到了。

「那感覺是什麼！那種氛圍!?」

不出我所料，結朱怒氣十足地嚴厲質問我。

「我知道妳的意思，冷靜下來啊。」

「要我怎麼冷靜啊！你們兩個是什麼關係!?」

雖然嘗試安撫她，但掩飾內心的時間越長，爆發力越強。

「剛才日菜說了吧。國中的時候，同一所學校，同一個班級而已。」

「才不是**而已**吧！還有喊著日菜的親暱稱呼！比其他人不擅長交際又討厭跟人親近的大和，怎麼會用暱稱稱呼他人啊！」

「最近就在想，能夠承受妳這樣的言語暴力還跟妳交往的我，交際力根本超高的吧？」

「低爆了！如果你的溝通力高的話，就應該知道我現在的心情才是！因此所以問題一，請回答小結朱現在的心情是什麼！」

「『最喜歡的男友身旁有其他女人，非常吃醋的啦！』」

「一百分喔！但因為太害羞了所以給不出一百分！為什麼只有這時候如此敏銳啦！」

「現在這種狀況還有其他解釋嗎？」

為什麼明明回答正確還得被怒言相向啊，我對此感到無可奈何，結朱嘟著嘴撇開臉。

「在不能回答一百分的情況下給予一百分的答案。我認為這仍是不懂得察言觀色的溝通障礙表現喔。多鍛鍊一點國語力吧？」

「超級不講理難度的問題呢。這要是出現在現代國文測驗上我肯定留級耶。」

儘管如此，就算覺得她很不講理，也不能放著不管。多安撫她一下吧。

「先跟妳說，我跟日菜之間沒什麼。」

「真的嗎？總覺得有點可疑呢……」

「懷疑為什麼這麼深啊。」

明明說得是事實，卻無法洗清懷疑。是有什麼特別在意的地方嗎？

想到這裡，跟她詢問後，結朱猶豫地遲疑了一下後，靜靜地訴說。

「我啊，從一開始就知道，大和跟柊同學認識喔。」

「啥？這樣的話為什麼——不對，我知道了，是準備跟我交往的時候知道的吧。」

這傢伙在第一次被我甩了之後，到第二次告白前，把認識我的人都調查了一遍。

最終，找到機械破壞者這個解答後再次跟我告白。

我的猜測似乎是正確的，結朱點了點頭。

「沒錯，我調查大和的時候，當然打聽到同個國中的柊同學。不過啊，那個時候，你猜柊同學是怎麼說的？『向我打聽也沒用喔，我對他一無所知』，很明顯在說謊嘛，還隱瞞同樣是籃球社的事情。」

啊啊——原來如此。

那樣的話，雙方都沒有錯誤。

「這樣啊……日菜是這樣說我的事情啊。」

對此，我感到些許寂寞。

因為確實有雙方能夠互相理解的瞬間。

雖然對於這個結果不感到後悔，但這份感傷還是滿讓人無奈的。

「我覺得日菜沒有說謊喔。我啊，在國中的時候有一段時間很努力處理人際關係。之前也說過了吧？」

「……嗯，我記得。」

該說不愧是擅長察言觀色的女生呢，還是說有察覺到我的氛圍有所變化呢，結朱的態度比剛才更認真一些地聽著我的回答。

「日菜呢，是我那個時期的朋友。所以當我退出社團，不再努力處理人際關係的時候——她就跟其他的人一樣被我切斷關係了。這樣說來，那傢伙也是我的被害者啊。就這樣不清不楚、不明不白地撇得一乾二淨。」

「大和……」

結朱明明直到剛才都在生氣，現在卻用擔憂的眼神看著我。

但，這些事對我來說都是過往雲煙。事到如今，我也不會因此而變得天真。

「欸，因此日菜說她對我一無所知這件事是真的……剛才那樣，只是雙方在掩飾而已。」

無論表面上多麼心平氣和地對話，這種掩飾的感覺，身為當事人的我……日菜恐怕也是，深切地刻在心中。

一年前出現的隔閡，還存在兩人之間。

「……這樣啊。嗯，好像問了很敏感的問題，對不起。」

尤其是尚在修復人際關係的結朱似乎特別有感觸，她沮喪地道歉。

「欸，沒關係啦。反正是遲早得說的。」

我帶過這個話題，結朱也恢復心情，不再一副苦瓜臉。

「嗯……稍微安心。那你們真的沒什麼特別關係，互相也沒什麼特別想法，就是社團夥伴A的感覺囉？」

「…………正是如此。」

「怎麼這時候出現超長的停頓！比任何語言都勝於雄辯的沉默呢！你們果然有一腿！」

「沒有沒有沒有，才沒有那種事！妳想，正因為有些友誼的存在，卻什麼關係都沒有，才煩惱罷了！」

雖然我慌張地解釋，但這個解釋似乎沒能消除結朱的懷疑。

「那再問你，那個充滿含意的髮夾是怎麼回事？」

該說是眼尖嗎，結朱準確地直擊弱點。

「……以前，我送她的。」

完全不敢說謊，老實告知。

突然，結朱像是被槍擊中般踉蹌了一下。

「咕嗚嗚……老實說有猜到大概，但打擊還是很大呢，這件事！好強的挫敗啊！」

「不是，什麼挫敗感啊。」

「因為我跟你交往之後，大和從來沒有送過我禮物！但是，突然跑出有點關係的女生，然後那個女生還獲得大和贈送的禮物吧？挫敗感真不是一丁半點。」

那樣確實，就結朱的立場來說可不有趣。

話雖如此，那個也不是什麼大不了的禮物。

「不是，給她那個髮夾都是三年前的事了，禮物本身也是百元商店買的便宜貨。不是什麼大不了的禮物啦。」

所以不是需要如此在意的事情，正打算這麼說，卻發現結朱的表情更顯冷峻。

「嘿……三年前送的，卻到現在還是珍惜地使用著那個便宜髮夾。」

「咦。」

「真厲害啊，柊同學。如果不是非常珍惜的話，也不會這麼多年都使用那種便宜貨吧。」

奇、奇怪？明明打算解釋，自掘墳墓的感覺可不是一丁半點。

「欸算了，就算小柊比我更重要也沒關係。反正我們也不是真的在交往對吧？大和只是因為遊戲才跟我交往而已，有錢送禮物的話，還不如去買個遊戲呢。」

啊～完全自暴自棄起來了。即使如此，這應該是在暗示我哄她吧。不能放著不管。

「沒那種事。小結朱是最重要的。」

「真的～？」

我的猜測應該是對的，儘管還有猜疑心，但還是回應我。

「真的真的。因為我啊，最喜歡結朱了。」

「怎麼連話都說得很膚淺呢。」

結朱像是在懷疑我的誠意般瞪著我，最後果然還是氣累了吧，嘆了一口氣後表情和緩下來。

「哈啊……算了，我累了。而且多虧這樣真心的吃醋，讓我發現自己新的魅力呢。即使是嫉妒的我也是如此可愛。知道這一點也是有所收穫吧。」

「真是獨特的平復心情的方式呢，妳啊。我真的沒想到會因為這樣的理由獲得赦免。」

總覺得窺探到自戀狂的精髓。

當我為奇妙的事情感到佩服時，結朱用手指戳了戳我。

「話說回來，我感到嫉妒跟挫敗感的事實還是沒有改變。大和哪天也得好好送我一個珍貴的禮物才行。這是做為男友的課題喔。」

「我知道了，老師。」

繼文化祭之後，又出現了新的課題。

「那就好。那麼，快點前往執行股長那邊吧。工作工作。」

是因為心情好了不少吧，結朱用比平時輕盈的步伐開始行走。

我也追在其後，並回頭看了一次體育館。

——在國中時代被我拋下的人際關係。還再修復關係的結朱他們。以及重新開始的偽情侶關係。

全部的事情都混雜在一起的文化祭，到底會變成怎樣呢？

稍微，在腦中想像了一下未來。

國中的第一個秋天。

在三年生們引退後，稍微變得寬廣的球場中，日菜乃一個人在練習投籃。是社團活動結束後的自主練習。

明明周圍的大家都跟朋友一對一對戰或練習，在籃球社中現在仍被孤立的日菜乃，只能進行一個人做得到的練習。

雖然並不是不會感到寂寞，但日菜乃對此卻束手無策。

要說唯一的拯救就是──

「啊，是日菜啊。今天也留下來練習嗎？」

──會像這樣開朗跟她搭話的友人，只有一個人。

「啊……大和。嗯，想說稍微挑戰一下三分球。」

日菜乃靦腆地回答，但這只是場面話。

正是因為知道大和會自主練習，才留在場上。

「欸~但日菜總是在練習投籃呢。偶爾來個一對一如何呢？」

「那、那個……」

面對一臉疑惑卻直擊痛處的大和，日菜乃不禁閃爍其詞。

接著，他似乎只察覺到這件事，露出溫柔的苦笑。

「又在怕生了吧。真拿妳沒辦法啊，日菜。」

說完，大和忽然握住日菜乃的手。

「大、大和!?」

日菜乃因為忽然被牽住手而腦中一片空白，大和無視她的異常也沒有特別在意，拉著她的手來到一年級女子籃球員的旁邊。

「喂~那邊的女生們，稍微跟我們交換一下吧。」

大和若無其事地突然向異性集團搭話，這是日菜乃無法做到的技巧。

「哎呀，這不是和泉嗎？為什麼要跟我們交換啊。」

女生中最顯眼的成員回應道。

「哎呀，在男子籃球社那邊被打得不成人形呢。想說來這邊來場一對一，壓制一下女生們恢復自信。」

大和堂堂正正地說著會招來反感的話。

就在日菜乃臉色鐵青的同時，如同預想，女子們紛紛投來抱怨。

「說什麼呢可惡。是看不起女子籃球社嗎～？」

「就是說啊～和泉才該小心反被我們壓著打呢～」

「還有，你啊，這種事根本只是單純小心眼吧～」

在各種抱怨中，大和高舉著球，開心地笑著。

「呼哈哈哈哈，聽不見囉。有意見的話就用實力來證明吧。」

「好～大家圍住和泉。是時候讓他看看女子籃球社的凝聚力。」

某一個女子籃球員下達指令後，在場的球員全部進入球場，開始包圍大和。

「等等，妳們這群人太卑鄙了吧！不是說了一對一！這是八對一吧！」

「真不錯呢，和泉。是後宮呢。」

「與其說是後宮，不如說是迷路到大猩猩的巢穴……好痛！誰，剛剛誰踢我的腳？」

「誰知道？大猩猩吧？」

「痛，等等，好痛！快住手快住手，我道歉就是了！」

儘管被包圍，但女生們與大和間的氛圍挺柔和的。

雖然有一瞬間被嚇了一跳，但這樣的互動似乎是他跟她們之間特有的相處方式。

「好，我搶到和泉的球了。」

有一個女球員搶下了大和懷抱中的球。

「我感覺被犯規了十次左右耶!?」

「讓你好好體會不公平的裁決。好，傳球。」

將大和的投訴當成耳邊風，女籃球員將球傳給日菜乃。

「我、我嗎？」

周圍的視線都聚集到滿頭疑惑的日菜乃的身上。

她反射性地僵直，而從大猩……女生群中掙脫出來的大和，威風凜凜地站到她面前。

「好，這次就是一對一！日菜，跟我一決勝負吧。」

大和唰地用食指指向日菜乃。

「小柊，幹掉他！」

「和泉的蓋火鍋技巧超爛的。」

女子籃球員們都用高亢的聲音為日菜乃加油。

「好，來吧。」

大和也用溫柔的表情等著日菜乃。

啊啊——原來如此。

——大家，都想將我拉為夥伴啊。

注意到這點後，日菜乃的身體稍微放鬆了一點。

現在的話，如果對手是大和的話。

也許自己就能進入這個團體中了。

「嗯，嗯！要上囉，大和！」

「喔，我會報仇的！」

大和回應了，僅此一瞬間鼓起勇氣的日菜乃。

朝著這樣的他。日菜乃運球邁開步伐。

這是內向又難以結交朋友的日菜乃，開始改變的瞬間。

而且——說不定，大和也是。

二章 顧慮你會不會想跟我待在一起喔

「吶，大和。今天去文藝社社辦找些新遊戲玩吧。」
放學後。
一走出教室，結朱以不自然的開朗笑容如此說道。
「駁回，今天很忙吧。」
我給了她一記白眼，結朱鼓起臉頰表示不滿。
「你在說什麼呢。沒有任何事情比享受跟我單獨在一起的時光更重要吧。」
「有，具體來說，就是文化祭的準備呢。好了，快點前往籃球社吧。」
我撇下結朱快步走向走廊後，她小跑著與我並肩而行。
「唔……那，我一個人去籃球社，大和去文藝社社辦玩遊戲如何？」
「明明是妳把我捲進來幫忙的，忽然又要我去休息，搞啥。」

我以十足的正論回擊，結朱鬧彆扭地嘟起嘴。

「因為柊同學也一起的話，我會非常吃醋喔～希望你能設身處地為我著想，被人在眼前炫耀著過往時光差距。被無聲秀著優越的感覺十足強烈啊。」

「日菜不是會思考那種問題的人啦。」

雖然我一臉訝異，但結朱的臭臉還是沒有變化。

「那種『我啊，超了解那傢伙』的感覺超讓人討厭的。就算真的清楚也請謹慎應對。」

「以後我會多加留意，還請您息怒。」

在我阿諛奉承地求饒後，結朱也沒有氣力再鬧彆扭，深深嘆了口氣後，表情也回歸平靜。

「欸，你都說到這個份上了，就原諒你。」

邊說著，邊不知為何摟住我的手臂。

「喂，離我遠點。」

「不要～這是消氣的條件。就以這種姿勢前往體育館，得向柊同學展示我們的恩恩愛愛才行。」

「……隨便妳。」

就算這麼做，日菜也不會特別嫉妒，只會普通地捉弄我一番，但若是指出這點，很容易又被唸說有『我啊，超了解那傢伙』的感覺。

沒辦法，只好維持這種羞恥宣示走在走廊上，進入體育館。

因為有了具體的方案吧，籃球社也切換為文化祭模式，今天沒有練習而是準備文化祭。

這時，不遠處將頭髮綁為馬尾的日菜注意到我們。

「啊，大和跟七峰……呃，真是火熱的登場呢。」

大概是因為笨蛋情侶氛圍過於強烈，出來迎接的日菜似乎在猶豫是該捉弄我們還是佩服我們。

「是啊！抱歉喔，愛得頗深呢！」

看準時機，結朱又再做出親熱舉動。

「抱歉，這傢伙非常嫉妒日菜。」

「你說什麼!?」

感到抱歉的我追加一句，被揭開內情的結朱瞬間面紅耳赤。

這時，日菜也察覺到狀況露出苦笑。

「啊哈哈，也難怪會這樣了。不過沒事喔，我不會奪走大和的。」

「唔……我沒有擔心那種事。」

是維持對外顏面的想法起作用吧，還是忽然回神感到害羞，結朱的語調逐漸下降。

「比起那個，開始工作吧。請兩位用銼刀打磨放在這附近的布景。」

日菜輕易帶過笨蛋情侶的奇特行為，指著還在調整的布景。

「嗯、嗯……知道了。」

因為那副過於俐落的應對，結朱也失去興趣，老實地點點頭。

「對吧？就像我說的，她不會有什麼特別的反應。」

我指責結朱想太多，她尷尬地放開我的手臂。

「欸……好像是這樣。」

「結朱真是愛擔心呢，就這麼喜歡我啊。」

「你好煩喔！」

結朱一瞬間臉紅。

雖然日菜沒有理會，我卻興致滿滿地追擊顯露弱點的結朱。

「哎呀，沒想到光是一個女性友人就如此激動呢。幸好我比較孤僻呢。如果是朋友比較多的人，妳不就馬上失眠了。」

「唔咕咕……竟然咬著這點不放……！如果大和跟我交換立場的話也絕對會吃醋的。」

「才不會。實際上我也不嫉妒櫻庭跟生瀨吧。」

對她哼笑一聲後，結朱猛然醒悟，不滿意地鼓起臉頰。

「這麼說來……不對，為什麼不嫉妒啊。給我嫉妒啊！給我不安啊！」

「才不要。」

我們原本就是為了那幾位的人際關係而交往的，要是為此嫉妒了還得了。

「啊，我知道了。這表示你很信任我吧？對此雖然很開心，但安心之後還是有點不滿。」

「喔，就是因為喜歡能做出積極解釋的小結朱，妳就這樣一直不要察覺我的真實心意好了。」

「你說什麼～!?」

結朱砰地打了我的肩膀。

哈哈哈，完全勝利。這樣一來這傢伙也會老實一陣子。

「……那個，麻煩別再卿卿我我快點工作。」

這時才注意到，日菜愕然地看著我們。

應該說，周圍的籃球隊員全體投來溫熱的眼神。

「抱、抱歉。」

「對、對不起。」

直到剛才的興奮消失無蹤，我們兩人縮起肩膀，忍住羞恥感開始工作。

「真是的……你也變了呢，大和。以前可不會在大庭廣眾之下跟女生卿卿我我。果然人交了女友就會改變呢～快反胃了。」

是因為剛才那段打情罵俏太傷眼嗎，在旁邊用銼刀打磨布景的日菜，深深嘆了口氣抱怨著。

「不……真的很對不起。」

這就是剛才使勁捉弄結朱的代價嗎？

被關係有隔閡的朋友這麼說道，有夠丟臉。

順道一提，結朱現在也像是受到致命傷般「啊嗚……」地小聲呻吟，宛若被擊沉般沉默不語。

「老實說，直到剛才我對大和跟七峰交往的事情還半信半疑，看到你們那樣打得火熱，也只能相信了。」

不對不對不對，我們只是假情侶。真的。

只是因為工作才交往的枯燥關係喔？

「……我們剛才看起來有那麼卿卿我我嗎？」

「有啊，純度百分之百的笨蛋情侶。」

……………當作沒聽到吧，嗯。

這時從背後又聽見「唔咕……」這種結朱被再度擊沉般的呻吟，就當作錯覺吧。

「那、那個……小日菜乃，這個部分，這樣處理可以嗎？」

我們的對話剛告一段落，一個戰戰兢兢的聲音呼喊了日菜。

是直到剛才都默默作業的國江同學。

「嗯，我覺得很不錯喔。接下來那邊也可以麻煩妳嗎？」

「明、明白了。我會努力。」

「早苗還要上臺演出，適度就好喔？」

日菜對國江同學笑吟吟地，流暢地給予指示。

看到這樣的互動，我的內心感慨萬千。

「……這副感到意外的表情是什麼意思呢，大和。」

是因為被我直勾勾盯著看而感到害羞吧，結朱也是板著臉看著我。

「不是……看到日菜給予別人指示啊替別人著想啊，感覺很新鮮。」

當我說出率直的感想後，日菜稍微紅了臉。

「說、說哪個年代的事情啦。我怕生的事情是國中剛開始的時候吧。」

「這麼說來確實是呢。最嚴重的時期是國一的時候嘛。」

「……直到國二上學期左右吧。」

日菜尷尬地自己坦白。是在奇怪的地方會坦率的傢伙呢。

不過，這點就像導火線一樣，我也回想起過往的種種。

「啊～我想起來了。妳花了超長的時間才交到女性朋友呢。雖然社團中有夥伴，卻沒有可以一對一一起玩的朋友。」

我望著遠方訴說著過往，日菜倏地紅了臉。

「等、等一下啦。感覺你想起了多餘的事情呢，適可而止喔。」

和表情抽搐的日菜的想法相反，我想起更多的回憶。

「第一次決定和女性朋友兩人出去玩的時候，因為不知道該穿什麼出門、該說些什麼，緊張到簡直像去約會一樣呢。」

由於看起來過於緊張，我有一段時間還有「日菜是個百合嗎？」這樣的疑惑。

「大、大和才是吧，還對我那個女性朋友說『跟日菜出去玩之後，下次要不要跟我兩個人一起去玩？』，約她出去吧！把我當成墊腳石去搭訕女生也太過分了！」

「等、喂！那個事……!!」

由於被暴露過多吧，日菜用不得了的爆炸性消息回擊我。

我戰戰兢兢地看向身旁的結朱。

「嘿～……哼～……大和也有那樣的時期啊。嘿～」

如同預料，她掛著冰點以下的笑臉。

「不、不是，不是那樣吧？我不是真的想約她，而是為了在必要的時候幫上日菜，才想跟她保持良好關係而已。」

真的不是別有所圖。

面對如此解釋的我，日菜投以冰冷的目光。

「那就加上我，三個人一起玩不就好了。故意雙人行，不就是有想要『伺機而動』的證據？」

「沒有！只有一點點！」

「嘿～……有一點點啊。」

由於太過動搖而說了多餘的話的結果，結朱的笑臉已變成絕對零度。

「都邀請了當然不可能是零！話說，也很普通地被拒絕了！我啊！」

明明被拒絕了，為什麼要被如此緊咬不放啊。

「什麼啊，被拒絕啦。嗯，那就沒關係。」

結朱在聽到我不幸的過去後感到相當滿足吧，不再擺出滿是威壓的做作笑容，深深地點點頭。

總而言之暫時安心……不過，實在太危險了。

「真恐怖呢，日菜。毫不猶豫就點燃了導火線呢。」

以前膽小的日菜去哪了……我如此心驚膽顫的時候，她也不滿地瞪著我。

「先點燃導火線的是大和吧。」

「欸也是……停止吧，這種毫無意義的對話。」

「贊成。」

雙方達成了停戰協議。

不僅知道我痛苦的過去，還身懷能在適當時機爆出的技術，我或許意外培養出天敵了。不，雙方都有相似的地方。

這時，日菜的口袋不經意傳出手機來訊的聲音。

「啊，抱歉等我一下……喂？」

日菜中斷與我的對話，拿出手機。

「這樣啊，好。嗯，我知道了。我出去拿。」

應該只是件小事，日菜很快就結束通話。

「怎麼了？」

「戲劇社通知我們，委託他們撰寫的劇本已經完成了。我現在要去拿全員份的劇本。」

「全員份……很多吧？」

我環視了體育館。

男生跟女生社員加起來，接近五十個人。

如果是全員份，那肯定很重。

「是啊，但畢竟是我的工作。」

日菜似乎覺得不足掛齒，打算自己一個人去搬。

……真是的，這點跟以前一樣毫無改變呢。

「不，我去搬吧。戲劇社的教室是在視聽教室吧？我去去就回。」

我這麼說著並站了起來，日菜露出帶點客氣的眼神。

「……可以嗎？」

「當然。」

這句確認，有些寂寞感。

如果是以前的我們，是不會如此客套的。

……雖然主因是我自己就是了。

「我知道了，那就拜託你了。」

日菜也覺得可以拜託我吧，最後同意並目送我離去。

「嗯，了解。那麼結朱，我去去就回。」

我朝著突然變得安靜的結朱通知一聲，她倏地回過神抬起臉。

「咦，啊，嗯。路上小心。」

結朱的笑容有些違和感。

「……嗯。」

但是，即使這時候追問，我非常清楚這傢伙也不會老實地回答，我只好暫時將疑惑藏在心中，前往視聽教室。

——大和離開體育館後，結朱微妙地覺得有點不舒服。

該說是主場變客場的感覺，還是什麼呢？

當然，交友廣闊的結朱在籃球社也有許多朋友，說是客場應該只是錯覺，但不知為何這種感覺遲遲無法消失。

理由很簡單，這裡，是日菜乃的主場。

「抱歉喔，七峰同學。突然麻煩妳男友幫忙。」

似乎顧慮到她，日菜乃掛著帶點做作的笑臉跟她對話。

結朱也藏起內心的騷亂，同樣掛著做作的笑臉，搖搖頭。

「不會，大和也說要幫忙了，不用在意。」

如果要貼切地說明結朱跟日菜乃的距離感，就是「朋友的朋友」吧。

原本，常陪著亞妃在籃球社多次露臉的結朱，在女生籃球社也有很多朋友，和日菜乃也有過好幾次對話。

但是，真要說的話關係也頂多到此。

知道對方是可以熱絡地聊天，不是壞人，但若要說確實存在著相親相愛或是友情之類的事物，也絕對沒有。

「這麼說來……七峰同學之前有向我打聽大和的事情。」

結朱在思考事情的時候，日菜乃拋來這樣的話題。

「啊，嗯。有問過。」

那個時候，基本上被拒絕了。

「總覺得很抱歉啊，變成奇怪隱瞞的狀況。我跟大和……該怎麼說，稍微有點糾葛。但進入高中後，就沒有對話過。」

日菜乃露出複雜的表情。

看到她的表情，不知為何加大了結朱的悸動。

一瞬間，結朱都震驚於自己為什麼會如此嫉妒……卻又覺得，是不一樣的情感。

「嗯……那件事，從大和那邊聽到一些。」

看來日菜乃也看出結朱對於大和跟自己的關係感到吃醋，打算澄清一下。

「機會難得，想跟妳打聽一下國中時期大和的各種事情。」

結朱露出笑容，接受日菜乃的關照。

「嗯，好啊。我想這樣應該能讓七峰同學安心一點。那麼，首先該說什麼好呢……」

「那麼，你們是怎麼認識的呢？」

面對日菜乃的煩惱，結朱直接說出自己在意的點。

接著，日菜乃點點頭，露出帶著懷念的笑容，開始說道。

「國一的夏天，我在摺千紙鶴給籃球社引退的前輩們……但當時的我很怕生呢，不敢開口請朋友幫我。那時，剛好經過的大和就幫了我。」

「嘿……」

讓人意外的過往呢。

現在的大和雖然稱不上是不親切的人，但也不是會為了非親非故的別人而行動的老好人。

基本是貫徹不干涉他人的人。

「之後也給我諸多照顧呢，多虧了他，我怕生個性也好了不少，還交了很多朋友。」

到此為止都一臉開心地說著的日菜，表情迅速黯淡。

「但是……不知為何跟大和的關係就是無法有所進展。我做錯了什麼嗎，對我有什麼不滿嗎……老實說，直到現在我還是不明白。」

——那個理由，結朱倒是知道。

大和察覺到自己的真心，以及對人際關係的疲憊。

但是，結朱不敢將大和不想說出口的事情告訴日菜乃，而噤口不語。

「柊同學……喜歡大和嗎？」

取而代之的是，說出最想確認的事情。

聽到這個問題，日菜乃的眼睛輕微睜大後，輕輕搖搖頭。

「沒有喔。不是那種情感，所以放心吧。」

即使這麼說，結朱也不會單純到去坦然接受，但日菜乃的話語微妙地有說服力。

「該怎麼說好呢，跟喜歡有點不同呢。大和是我的恩人，最親近的朋友，還有十足尊敬……嗯，應該是憧憬的感覺？我很崇拜大和，希望自己也能成為那樣的人。」

日菜乃明明在笑，卻有種寂寞感。

看到她的樣子，結朱的悸動更加強烈。心臟激烈地跳動，在胸中回響。

「不過，人際關係就是如此困難呢。對我來說是憧憬，最要好的朋友，對大和來說卻不是這樣。所以——在既沒有跟對方說出心裡話，也沒有吵架的情況下，關係就這樣走到盡頭。」

「——」

那個瞬間，結朱明白那份悸動的真面目。

日菜乃是——失敗的結朱。

跟亞妃，跟颯太，還有啟吾。

明明抱有致命的誤解，卻拚了命不讓任何人察覺自己的弱點，在沒有任何一次的爭吵情況下，於最後的最後炸裂開來，失去所有一切的自己。

這次的最後是由大和圓滿處理完畢，如果沒有他替我擺平的話。

——我們，一定也會變成這副慘況。

「但是……現在跟大和能夠平常對話吧。」

突然覺得呼吸困難，結朱不知為何說出這句話。

這時，日菜乃輕輕地搖搖頭。

「就是因為能平常對話才奇怪喔。以那種方式結束關係，正常來說，是無法像那樣對話才是……事實上國中時候就是無話可說。像那樣，能夠平常對話的原因是——」

——是因為雙方，都非常重視對人禮儀而已。

就算沒有說出口，結朱卻痛苦地明白。

失去親密，產生客套，感情無法直接傳遞。

拉開距離的結果就是，只流於表面的客套溝通。

「所以啊，我在想，這次說不定是個好機會。」
面對一語不發的結朱，日菜乃以淡淡地——卻充滿決心的聲音說道。
「像準備文化祭這種大家一起做一件事，是以前的大和喜歡的活動。說不定，可藉由這次的活動讓大和變回以往的樣子。」
接著，日菜乃微微一笑。
「這樣的話，這次一定要問出那時候無法說出口的問題。『為什麼要遠離我呢？』。儘管我們已經無法真心交流……只要能回到以前的那時候，一定可以。」
「那樣的話……」
我討厭那樣，結朱如此想著。
與日菜乃在一起的大和，不是結朱認識的大和。
結朱想要在一起的，是現在的大和。
「…………」
但是……同時，結朱也覺得無法阻止她。
因為日菜乃很厲害。
當友情即將分崩離析的時候，結朱選擇逃跑。
如果沒有大和來扭轉局勢，自己再也無法回去了吧。

不過——日菜乃卻靠自己站了起來，打算以自身力量拿回失去的事物。

結朱知道這份恐懼與痛苦，更明白難以阻止日菜乃。

「這樣啊。」

結朱光是點個頭就耗盡全力。

「嗯，所以，我沒有想過要從七峰同學身邊奪走大和喔。」

心痛。

如果對方不是大和的話，結朱一定會打從心底尊敬日菜乃，也會給予應援。

「……我明白柊同學的心意了。」

結朱無法阻止日菜乃。也不允許自己阻止她。

但是……如果。

如果，大和變得像以前一樣——變成結朱認識他以前的模樣的話，他們的關係會變得如何呢？

那份不安，緊緊地揪著結朱的胸口。

我順利從視聽教室拿到數人份的劇本後，為了回到體育館而步行在走廊時。

「這傢伙是啥啊……」

由於遭遇充滿異樣的某個東西，不禁反射性地吐出這句低喃。

是個全身包裹著眾多的窗簾布，頭上戴著巨大南瓜頭的怪物。

也就是被稱為傑克南瓜的存在，蹲在走廊的角落。

「就算文化祭是以萬聖節為主題，從準備階段就玩起來啦。」

我一邊想著不知道是哪個學生的惡作劇，一邊從傑克南瓜旁邊通過。

這個時候。

從纏滿窗簾布的縫隙中，咻地伸出一隻手，抓住我的腳。

「唔哇⁉搞、搞什麼⁉」

手一抖導致劇本散落一地，砸在正下方的傑克南瓜上，但南瓜頭似乎起到了頭盔的效果，屹立不搖。

「嗚……嗚嗚……」

但是，不知為何，他（？）從南瓜頭中發出痛苦的呻吟聲。

「喂、喂……沒事吧？」

我不禁擔心起來，窺探傑克南瓜的臉。

接著，他（暫定）緩緩伸出手，取下了自豪的南瓜頭。

裡面的人究竟是——

「……生瀨？」

他是我的同班同學，也是結朱的友人，生瀨啟吾。

不知為何，他掛著一副消沉疲憊的表情。

「聽我說啊，和泉。」

「喂，不先說一下現在的情況喔。」

沒有任何前兆下突然來這一幕，我都快嚇死了。

「這次文化祭，對我來說負擔太大了啦。」

「完全無視我的話呢，沒想到你會在這時候拒絕通話啊。」

真不愧是結朱的朋友，臉皮夠厚。

能夠如此堅定到這種程度反而讓我佩服，讓我反倒想聽聽他的話。

「那麼，是什麼負擔很大？」

我一進入傾聽模式，生瀨的臉色更加疲憊並嘆了口氣。

「當然是，人際關係啊……你想，文化祭不是有情侶活動？」

「是啦。」

「我們……不是才剛經歷甩人跟被甩的修羅場？」

「是、啦。」

腦中掠過不久前爆發的三角關係場面。

這時，生瀨的眼神望向遠方。

「颯太……就被女生邀約了啊？亞妃，就很震驚啊？卻又一句話沒說啊？颯太也不是笨蛋就察覺了啊？不過剛把人給甩了，也不好說什麼啊？我就打算去打圓場啊？但是在不知道的時候颯太——」

「我知道了，我知道了啦。」

這傢伙因為這件事耗損多少精神力，從他的話中完全可以感受到這份可憐。

「不是啊真的是，這種事也無法滔滔不絕地暴露給他人知道啊。」

欸，能夠明白不想讓他人知道朋友之間甩人跟被甩的事情。

「然後剛好知道內情的我路過，就像喪屍一樣抓住我啊。」

「哎呀，抱歉啊。終於找到可以讓我抱怨的對象，就順手。」

應該是冷靜下來了吧，生瀨帶著歉意地道歉。

「欸算了……這個先放一邊，你那副裝扮是怎麼搞的。」

如果能夠普通地向我搭話，我也能夠穩妥地回應，為啥要加點驚悚元素進來啊。

「喔，你說這個喔。這是傑克南瓜喔。文化祭當天全校學生都要是萬聖節裝扮啊，就穿了這套。」

「……興奮的方向好像歪掉了啊。」

一瞬間，我想像校園充滿著傑克南瓜的百鬼夜行畫面。

我一臉鐵青，生瀨苦笑著搖了搖頭。

「不是不是，一般學生會裝扮得普通一點。這是巡邏的執行股長穿戴的。為了不破壞世界觀又能產生威壓來維持治安的裝扮喔。」

「與其說是萬聖節，根本是生剝鬼節吧。」

這顆南瓜也有秋田的感覺呢，欸算了。

「啊～……生剝鬼節啊。不也滿有萬聖節的感覺？原來如此。」

「不是，別順著我的話啊。我又不是在幫你出主意。」

光是想像一下生剝鬼群魔亂舞的文化祭，我再次皺起眉頭。孩子會嚇哭的。

「欸那個先放到一邊，總而言之，穿了這套衣服後，緊張感就被切斷了呢……你想，也看不到臉，莫名有種安心感。」

生瀨雙手抱起南瓜頭讓我看。

「然後在想就算一下下也好，就這樣在那裡休息了一下這樣。」

「拜託你好歹也選一下時間地點吧。」

蹲在走廊角落的南瓜頭就夠詭異的，突然動起來更有B級恐怖片的感覺。

「抱歉，沒有觀察周圍的餘力……」

看來，似乎真的被逼到極限的樣子。

「……該怎麼說，想說我們幾個還是保持一點距離比較好。等大家都冷靜下來為止。」

生瀨以沉重的聲音說出這句話。

「分開的話，就回不去囉。」

我下意識地如此反駁。

「分開一次可就無法簡單復合了。分開的時期會找到新的場所，大家會把重心放在那裡。雖然我覺得也不是壞事……但真的想和好的話，現在正是堅持的時候喔。」

我跟日菜，分開過一次後就再也沒有和好了。

然後，分開期間漸漸習慣不在一起的的狀況，最後就成了現在的窘況。

最後留下的，只有疑問跟罪惡感，還有難以填補的鴻溝。

「和泉……」

應該是對我正經八百的回答感到訝異吧，生瀨睜大了眼睛。

看到他的眼神我不知為何有點害羞，為了掩飾尷尬而開始撿起劇本。

「欸，跟我沒關係就是了。總而言之你別再窩在走廊邊了喔。」

我匆忙地撿起全部的劇本，留下這句話後便離開了。

「……好，謝謝。」

從背後傳來的話語，多少帶著釋懷般的開朗。

距離我們協助籃球社準備文化祭已經過了好幾天。

最近，一直窩在籃球社的我跟結朱，理所當然地無法參加班上的準備。

「……不過，還真是被委託了相當無聊的工作呢。」

放學後的教室。

看著放在桌上的氣球，我的心情五味雜陳。

「這也是沒辦法的吧。不可能將重要的工作交給偶爾來幫忙的人。」

結朱一邊說著，一邊在氣球上繪製南瓜頭。

今天我們的工作是，在送給來到現場小孩的氣球上畫上南瓜臉。

贈送的目的是，即使小孩在人群中走散也有顯目的標記，同時為了遵守世界觀，也需要一些類似傑克南瓜的東西。

「欸，委託重要的工作給我，我也會很困擾，輕鬆點挺好的。」

我一邊坐著工作，一邊窺視著班上的樣子。

同學們開心地擬定著喫茶店的裝潢跟菜單。

今天櫻庭也在，大家圍著他形成一個圈。

「櫻庭明明跟我們一樣是偶爾來，為什麼班上的大家都很依賴他啊。」

嚴重的差別待遇。哎呀算了，也沒什麼差。

「颯太在社團活動的空閒時間也會好好地幫忙班上事務呢。順道一提，我也是喔。」

結朱有些自豪地說著。

「那麼，為什麼小結朱要跟我一起處理呢。」

「當然是擔心丟下你一個人工作好嗎這樣。」

「沒有耶，我並不覺得一個人會很辛苦。」

意外的不情願的情況下被擔心了。

如果是因為這樣的理由而跟我一起工作，那就敬謝不敏。

這樣想著的時候，結朱露出微笑。

「雖然也有不想丟下你一個人辛苦的部分，同時也在顧慮你會不會想跟我待在一起喔。」

意料之外且偏自戀方向的顧慮。

若是這點，我又有別種意義上的不情願了。

「若是這樣，那我更是承蒙厚愛，敬謝不敏。」

果斷拒絕後，結朱呼地鼓起臉頰。

「唔咕咕……真心話是我想跟大和在一起嘛，你都說自己一個也沒關係，我就不好意思承認了啊。察覺一下啦，真是的。」

「喔、喔。」

被突如其來的可愛理由擊中，我稍微有點動搖。

可是啊，嗯……那樣的話就沒辦法了。

「那、那個，可是啊，小谷那邊沒關係嗎？」

為了不讓當事人聽到，我低聲呢喃後稍微瞥了一眼。

小谷也跟朋友一起幹活……卻跟櫻庭不同群體。

當事人看起來很開心，但有一瞬間看向櫻庭的方向。

「與其說沒關係……我過去的話只會更加惡化喔。」

我一詢問，結朱表情複雜地回應。

「亞妃她說不會再拖下去了，雖然在一起的時候沒有表現出來……但應該還喜歡著颯太吧。」

然後，這位櫻庭卻喜歡結朱。

這就是三角關係的難題。這時候結朱如果去協助的話，說不定會有種高高在上的感覺。

「……難怪生瀨快要過勞死了。」

看向他們，生瀨成為櫻庭集團跟小谷集團的溝通橋梁，有一搭沒一搭地加入對話。想讓他們漸漸習慣藉以破冰吧。

「雖然對啟吾很不好意思，我到底該怎麼做才好呢？」

結朱一臉歉意地環顧了朋友們後，微微低下視線。

「妳希望小谷怎麼做呢？」

希望她放棄櫻庭，還是希望她繼續追求。

結朱的態度不明確的話，我也不知道該怎麼解決這個問題。

「不知道。不管她是真的要放棄颯太，還是不放棄颯太，我想她還沒辦法整理好心情。如果有誰可以做為商談對象就好了……」

結朱五味雜陳地擠出一句話後，我也點點頭。

「的確，但就立場來說，不能是結朱吧？生瀨也……如果他可以的話，早就處理了吧。可能有難以跟異性對象開口的事情吧。」

「話說回來，跟班上的女生說也有點……被人八掛也很討厭。」

跟半生不熟的對象，反而更難敞開心胸吧。

這樣的話，乾脆跟毫無瓜葛的人談心或許比較容易。

話又說回來，結朱跟小谷的人際圈很大部分重疊才是。

結朱要找個合適的人也比較困難吧。就算如此，身為邊緣人的我來……啊，有了。

「……要拜託日菜嗎？」

我脫口而出的這個想法，結朱訝異地歪著頭感到疑惑。

「柊同學？」

「對，那傢伙的話，口風緊，又是不同班的，就沒那麼多顧慮吧。」

如果是現在的日菜，就算沒有把事情說得鉅細靡遺，也能好好地幫忙和緩情緒吧。

「嗯……或許是個好對象呢。」

結朱雖然點頭，卻有些含糊其辭。

「怎麼，日菜有什麼問題嗎？」

一詢問，結朱像小孩子般嘟起嘴。

「……沒什麼。只不過，本來就跟男友關係很好的女生，要是跟我的死黨也打好關係的話，我不就只能吃著悶醋了。」

「妳啊……連好朋友交到新的女性朋友也能吃醋啊。」

我訝異於她深沉的嫉妒心，結朱也有所自覺吧，稍微紅了臉。

「唔……平常的話才不會嫉妒這點小事。都是大和的錯喔，我才會這麼嫉妒。你要負起責任喔。」

面對一臉埋怨，鬧著彆扭的結朱，我稍微感到困擾。

「負起責任啊，該怎麼做。」

「最少哄我哄到我不再不安。像是，表達愛意之類的。」

「知道了，我愛妳。」

「怎麼這麼隨意！」

我立刻遵從指示，卻不受結朱青睞。

「不是，我盡最大努力了耶。」

我剛才可是強忍著羞恥說出口的耶。

「唔～……」

但是，結朱聽起來就像是我在敷衍般，更加不開心。

「不是，就算妳用怨恨的眼神看著我也……我知道了啦，這次會好好做。妳想要什麼？」

我這樣問到，結朱稍微想了一下後，像是想到了什麼點了個頭。

「總而言之，在大庭廣眾之下很難為情，我們去文藝社教室吧。」

結朱迅速整理好工作道具，拿起它們站了起來。

「去文藝社教室啊……欸好吧。」

我也朝著離開教室的她追去。

在大庭廣眾之下很難為情啊……到、到底想做什麼？

總覺得，雖然有些抱歉，但我腦海中浮現一些不三不四的想像。

不對，應該不可能吧？但果然還是有些臉紅心跳。

我一邊思考著不純潔的事情，一邊步行在走廊上後，進入文藝社教室。

「總覺得很久沒來這裡了呢。」

一進入教室，結朱稍感懷念地說著。

「是啊，自從幫忙籃球社後就沒時間過來了。」

多虧如此，對於久違的兩人獨處，讓我更加緊張了。

「好，那麼大和，來這裡坐。」

結朱拉開一張摺疊椅並放到桌前後，催促我入座。

「好是好……要做什麼？」

我聽從指令乖乖坐到摺疊椅上。

「那麼，我也。」

接著，結朱輕輕地坐到我的腿上。

「喂、喂。」

突然的親密接觸讓我僵直當場。

但是，結朱卻對此毫不在意，把工作用的筆跟氣球放到她的腿上。

「啊，你不要動啦。在我滿足之前，都要維持這樣做事。這就是你要負的責任喔。」

「這樣好嗎……」

雖然不是想像中的下流發展，但我不知道是該鬆口氣還是失望，心情複雜。

不過啊，仔細想想這個也滿色的耶？

從緊密接觸的部分傳來結朱的體溫以及柔軟感，讓我小鹿亂撞。

啊，不妙。感覺理性有點鬆動。

「那個……這樣的話，我無法工作啊。」

為了盡快解除這個緊密狀態，我戰戰兢兢地提出懇求。

「那樣的話，在我的耳邊訴說愛意就是你的工作。」

結朱非常認真地說出這句話。

要是做了那種事，我的理性會在羞恥與親密接觸下被擊潰的。

「……那我背一下劇本吧。」

我束手無策，只好看起存在手機內的劇本資料。

接著，順便為了小谷的事情聯絡了日菜。

粗略地說明前因後果後……其實也只是傳了一句，「有人因為人際關係而累積壓力，希望妳可以幫忙安慰一下」。

「吶，大和。」

這時，結朱一邊工作一邊喊了我的名字。

「怎麼了？」

以為她又要提出什麼無理的要求，我七上八下地回應後，她掛著稍微彆扭的表情仰視我。

「總覺得一直在說我的事情，大和才是，希望柊同學怎麼做呢？」

「……怎麼突然問這個？」

矛頭突然指向我，我的眼神不禁游移起來。

「因為我很在意嘛……話說，這就是我不安的根本理由啊。在解決之前都無法解除我嫉妒爆表的模式喔。」

「那可是嚴重的問題呢。」

依照這個節奏不斷被嫉妒的話，各種意義上我都承受不起。

雖說如此……對於這個問題的答案，我自己也還沒想清楚。

「就算妳問我想怎麼做啊。我從沒想過會在文化祭開始時遇到日菜喔。事到如今，也沒打算向她索求什麼。」

這點是我跟結朱截然不同，決定性的差別。

結朱會為了維繫友誼而煩惱，但我並沒有那種動力。

「……覺得回不到以前那種友好關係了？」

「回不去了，是我切斷關係的。」

應該是對我的秒答感到驚訝吧，結朱微微地睜大雙眼。

對此，我又稍微追加了幾句。

「欸，要說我對日菜已經沒什麼想法了，也不是那樣。只是……該怎麼說呢，我不覺得友誼的終結是件壞事。」

「什麼意思啊。」

似乎無法理解我的話，結朱略微疑惑。

「舉個例子來說呢……妳啊，應該有許多國中畢業後，就沒機會再見的朋友吧？」

「那個，是有。」

「但是啊，那也不是壞事吧。只是彼此決定前往新的歸宿，在那之後結朱也交到新朋友。因此，不再和以前的朋友相見。」

不是關係變糟糕，也不是對彼此有什麼不滿。

這只是決定各自前進方向後的結果，人生的道路不再有交集。

「我想，自己跟日菜關係的結束，也是這樣罷了。」

我卸下了讓自己一直很痛苦的笑容面具，選擇了讓自己最自然的型態。

日菜也是，改變了膽小怕生的自己，變成交友廣闊的人。

結果就是，兩人的道路不再交叉而已。

「真是奇怪的思考方式呢，大和。一般來說，都會想盡可能延長友情。」

「我的話基本上也是那麼想的。但是，如果分開能讓彼此更幸福的話，我覺得分開會比較好。」

友情並不是非得恆久不變，即使結束了也不會變成偽裝關係。

對我來說，跟日菜一起度過的時間是非常重要的過去，非常開心的日子。

不管我選擇哪種生活方式，這份價值都不會改變。

只是，那樣而已。

「那麼，大和真的覺得跟柊同學變成現在的關係，是比較好的狀態嗎？」

結朱直盯著我，不允許我說謊。

看到她的確認，我也再一次面對自己的內心。

「當然，但是——與此同時，確實有種不舒服的餘味。不是後悔也不是留戀……該怎麼說呢，這種焦躁感。」

雖然心情確實有種奇怪的不舒服感，卻不清楚它的真面目。

既不是想回到以前，也不是後悔決定斷交。

那種感覺像是心裡有根未拔起的刺。

「那是……」

一瞬間，似乎打算說些什麼，結朱卻猶豫一下後沉默不語。

「結朱？」

我訝異地喊了她的名字，她輕輕地嘆了一口氣後，慢慢地說道。

「……那是，大和還有沒完成的事情吧？」

「沒完成的事情？」

我反問，結朱回答道。

「嗯，沒完成的事情。不管是大和，還是柊同學。」

說完，結朱改變面對的方向，並將頭靠在我的胸口處。

「欸，老實說，我其實不想讓你察覺這件事的。」

「什麼意思啊。」

我因為結朱矛盾的話語感到困惑，但她從我的懷中抬起頭來時已經恢復成原本的表情，無法揣測她的內心。

「接下來就不說了。自己去想吧，好，來工作吧～」

「喔，喔。」

因為她過於平靜地展開對話，我不禁同意。

儘管我繼續確認劇本……但腦中卻持續思考著結朱的話。

還沒完成的事，啊。

確實這句話，啪的一聲落在我的心頭上。

那麼，正視這一切，好好結束跟日菜那時的關係，或許是我的責任——我是這麼想的。

體育館內，迴盪著籃球彈跳的聲音。

「差不多是時候中止連敗了呢。」

身為進攻方的我如此宣言，身為防守方的櫻庭則露出自信的笑容。

「這句話我收下啦。」

竟然一副自信滿滿的表情，這個混蛋。

我原本緩慢的節奏瞬間加速，打算帶球突破櫻庭的防守。

但，櫻庭的程度不至於弱到無法應對這種程度的速度變化。

他迅速切入我的進攻路線，打算阻止我帶球過人。

這樣下去會犯規的。我放棄往內切入，轉而逃往外場。

就算到了這一步，我還有三分球這個招式。

「咕……！」

或許本以為是假動作，櫻庭懊惱著這點導致慢了一拍。

但是，對我說已經足夠了。

在櫻庭決斷之前我迅速跳起，籃球畫過一條弧線飛向籃框。

響起啪的一聲輕響，籃球投入籃框。

「好耶！終於贏了。」

面對不禁擺出勝利姿勢的我，櫻庭皺起眉頭。

「上當啦。我還以為你肯定會假裝來記三分球，然後切入內部呢。」

「我還沒一成不變到那個地步啦。」

總算洗刷了連敗的恥辱，我心情大好。

「好啦兩位男生～既然勝負已分就快去看劇本啦～」

從體育館的舞臺上，傳來日菜的呼喊。

「看來只能比到這了。抱歉啊，贏了就跑。」

我這樣說道後，櫻庭也點頭。

「沒辦法，明天再決勝負吧。謝謝你陪我練習喔。」

籃球社終於進入文化祭模式，已經過了一週了。

雖然準備順利進行著，但原本的社團活動卻完全停止，櫻庭為了不讓身手變鈍，我就找個空檔陪他練習。

「不會不會，能幫上王子大人的忙真是不勝榮幸。」

我這樣回覆後，他露出苦笑。

「拜託不要那樣叫我。我不是那種類型啊。」

他的舞臺角色是，王子大人。

雖然說自己不是那種類型，但沒有人比他更適合。

「那樣的話，和泉代替我好了？」

「饒了我吧。」

我以聳肩敷衍掉櫻庭的這句話。

「辛苦了，大和。」

我走上舞臺後，早已在臺上等我的結朱對我說道。

「喔，那麼，今天要排練到哪？」

我一問，結朱打開劇本展示給我看。

「大和扮演的角色是繼母呢，接著還要演壞心的姊姊。」

「連演兩個女角啊……感覺會很噁心耶。」

確認自己的臺詞後，我不由得皺起眉。

「沒辦法啊。我們只是代演而已。只是代替那時候不在的人唸臺詞而已。」

沒錯，我們的工作是代替正在準備其他事務的人出演。

就是為了讓正式的演員能夠記住流程，幫忙對劇本的工作。

「……欸，也是啦。只有這種工作也是無可奈何。」

我切換為積極向上的心情後，結朱也笑了開來。

「沒錯，我也扮演大臣與旁白兩個角色呢。一起加油吧。」

「等等，我來演妳的角色比較對吧。」

怎麼想角色都反了吧？我這麼想的時候，結朱一臉不可思議的表情。

「咦，不過大和絕對無法爬上大臣位子，繼母角色會比較容易投入感情吧。」

「多謝您的關心，變成繼母的可能性反而比較低呢。確實是大臣比較能投入感情。」

到底是怎麼評價我的將來性啊，這傢伙。

「再說大和是陰沉角色，旁白角色的臺詞多會咬到舌頭吧。」

「那份擔心倒是滿分就是了。」

除了零分就是滿分的女人啊。

在我無奈的時候，結朱似乎還有其他在意的事情，貼近我的耳邊說道。

「話說回來……國江同學沒問題嗎？」

順著結朱的話，我也將視線移到舞臺的一隅。

那裡有著緊張到瑟瑟發抖，死盯著劇本的國江同學的身影。

她演的角色是，魔法使。

在故事中，是非常重要的角色。

「看起來不是沒問題啊……但似乎是籃球社的方針，打算藉機鍛鍊她的膽量。」

看來國江同學也是在練習時一級棒，正式上場時無法發揮全力的典型類型。

籃球社表演戲劇就是為了培養社員上臺的膽量，簡直就是為了培養像她這樣的選手吧。

「欸，有日菜在的話肯定有辦法的。」

那傢伙曾經跟國江同學一樣怕生，應該最能同理她的心情。

「唔～……」

結朱有些不滿地嘟囔了一聲。

糟糕。看來又被判定為那種「我啊，超了解那傢伙」的感覺。

「而且，還有既可愛又會體諒他人還擅長結交朋友的小結朱在呢，萬無一失的組合呢。」

慌忙地加註打圓場後，結朱也滿足地點頭。

「很棒，雖然很明顯是裝模作樣，不過算你及格。」

呼……得救了。

「那麼，差不多該開始對劇本了。」

結朱如此喊道後，其他的成員也都端正了姿勢。

「很久很久以前，在某個地方有位名為仙杜瑞拉的少女。」

以這句臺詞為契機，故事開始了。

第一句臺詞，是我唸的。

「仙杜瑞拉？要穿去舞會的禮服準備好了嗎？」

我用棒讀的語調唸著繼母的臺詞後，瞥見在一旁微微顫抖的結朱。

竟然在憋笑啊，這傢伙……給我走著瞧。

「非常抱歉，母親大人。我還沒有完成——」

接著是日菜的臺詞。

然後魔法使登場，南瓜馬車出現，前往舞會。

接著遇到王子，遺留玻璃鞋而離去的展開。

把故事唸一次後，我們放下劇本。

接著開始檢討會。

最先開口的是，結朱。

「嗯，總之先幫大和換個角色吧。單純是覺得噁心無法專注。」

「我比你們更覺得噁心啊！」

禍不單行指的就是這回事吧。

「話說回來，大家都有些結結巴巴的呢。這種情況下，比起進行全體的練習，還是先將每句臺詞唸通順才行呢。」

日菜苦笑地總結後，櫻庭也點點頭。

「贊成，這樣下去無法練習呢。國江同學覺得可以嗎？」

「是、是的。」

話題突然被拋向自己身上的國江同學，她就像生鏽的發條娃娃，動作僵硬地點頭。

接著櫻庭環視了所有人。

「所以，接下來開始個人練習。三十分鐘後再進行一次全體練習，為此大家要好好練習喔。」

在這個指令下，我們暫時解散。

象。

「好，我該做什麼呢？」

在每個人進行個人練習時，沒事做的我就變成孤零零的一個人。

擅長照顧別人的結朱似乎陪其他人進行自主練習，我可沒有那麼親近的對象。

話說回來，什麼都不做也很無聊。

「……去檢查小道具好了。」

協助幕後也是我的工作呢。

這樣想著，我打開舞臺側邊的門，進入一條狹窄的通道。

通道上雜七雜八地擺放著各式各樣的大道具與小道具，以及服裝。

「真亂啊，這裡。」

我不禁嘆了口氣。

就位置來說，這條通道位於舞臺的正下方。

左側下場的演員可以從右側上場，也可以在這裡快速換裝，是做這些用途的場所，卻因為太過便利而變成儲藏空間。

「大和。」

因為通路的雜亂而皺起眉頭時，突然聽到身後有人喊我的名字。

一回頭，原來是日菜。

「日菜，怎麼了？」

「想跟你聊一下小谷同學的那件事。」

啊，那件事啊。

還沒說明詳情，是來問清楚的吧。

「抱歉，拜託妳這種麻煩事。」

「不會，那是沒關係……理由呢？應該有吧。」

日菜一臉無法判斷該深入多少才好的表情。

「是啦，想說跟沒有太多牽扯的對象比較容易交流。」

「那樣的話，我確實適合。小谷同學很常到籃球社串門子，我跟她多少有些往來。不近也不遠的距離感吧。」

是個絕佳的容易談話位置，看來這次找對人了。

「細節我也不方便說太多……欸，就是陪她聊天消愁。」

「嗯，了解。」

明明硬塞了件麻煩事給她，她好像很開心。

「……怎麼覺得妳心情很好呢。」

我不可思議地問道後，她也坦率地點點頭。

「那個啊，被大和拜託處理人際關係的問題，要是以前絕對無法想像嘛。」

的確，我也沒想過會拜託怕生的日菜這種事。

「欸，妳現在已經比我可靠了呢。」

我聳聳肩回答道，日菜饒有興味地窺視我的臉。

「啊哈哈，那是因為現在的大和和七峰黏得緊，完全不打算跟其他人有交集吧？」

「給我等等，怎麼感覺我變成眼中只有結朱的男人了。」

「咦，不是嗎？」

「才不是!?」

不過呢，既然要假扮情侶，被周圍的人誤會才好，但被當成笨蛋情侶可不是我的本意啊。

「是嗎？那麼，這是什麼？」

這麼說著，日菜給我看她的手機畫面。

一看，上頭顯示著結朱在幫我掏耳朵時的照片——

「唔哇!?為什麼妳會有這張照片!?」

「哎呀，跟小谷同學往來後，交情深了就傳給我這張照片呢。」

「小谷傳給妳的……？為什麼那傢伙要特意……」

的確，這是結朱傳給小谷他們那群現充集團的照片，但為什麼要特地傳給她啊。

「誰知道呢？好像是我跟她說認識大和後，她說要讓我看有趣的東西，就傳這張照片給我了。」

喔喔……小谷那傢伙，原來是這樣啊。

大概，那傢伙是在懷疑我跟日菜的關係吧。

然後，為了避免日菜對我有其他想法，讓她死心，才將我跟結朱卿卿我我的照片發給她吧。真是為朋友著想的傢伙！

「那麼，再問你一次，現在的大和跟七峰黏得緊吧？」

「不是啦……」

我明顯吞吞吐吐起來。沒轍了，現在說什麼都欠缺說服力。

「而且，像這樣插手別人的人際關係，也是為了七峰對吧？」

「…………」

「啊，猜對了。哎呀，原來陷入戀愛的大和會是這種感覺啊。出於意料之外，和於情理之中呢。」

趁著我沒有否定的時候，日菜開心地說著。

一瞬間，我想表明我們沒有真的在交往的事情，但還是用理智壓制住。

「唔……妳變得會耍嘴皮子了呢。」

「多虧了大和囉，謝謝你。做為感謝就聽你秀恩愛吧？好啦，你應該也沒有對象可以傾訴女友有多可愛，說給我聽聽也可以喔？」

聽到我帶著埋怨的話，日菜開心地回覆。開始得意忘形了。

「也好，機會難得就說給妳聽吧。第一點果然是，覺得結朱溝通力很高這點很棒呢。不會太費勁。」

當我真的開始訴說時，日菜邊微笑邊點著頭。

「喔喔。」

「也很會說話，不會說什麼面對面溝通會緊張，用電話進行復健就好了。」

「……嗯？」

似乎想起了什麼，日菜略感疑惑。

不管她，我繼續訴說對最喜歡的結朱的愛意。

「還有，也不會跟我說或許隔著玩偶就可以溝通，就開始學腹語之類的～」

「喂，那不是我的黑歷史嗎!?」

「妳在說什麼啊？我只是在表達對最喜歡的結朱的愛意而已。果然能夠正常對話的女生很棒呢。把超大的泰迪熊帶到學校，隔著玩偶說話的女生還——」

「住、住口！不要讓我想起黑歷史啊！」

日菜崩潰地抱著頭。

順道一提，剛才的話跟秀恩愛完全、真的、一點關係都沒有，僅僅是日菜為了克服怕生而迷失方向的結果，就是從單純的怕生的少女，升級為奇幻腹語大師，這段超級勁爆的黑歷史。

「喂喂，不是說要聽我秀恩愛嗎？我還有很多甜到嘴裡吐砂糖般的恩愛可以說耶。」

「這才不是秀恩愛！砂糖中放入了致死量的毒藥吧！」

日菜滿臉通紅，搖搖晃晃地用手扶著牆壁。

「嗚嗚……這件事一旦想起來就會難過一陣子呢。大和你真可惡，以前明明更溫柔的。」

剛才的絕佳狀態不知道去哪了，日菜泫然欲泣地瞪著我。

「煩死了。妳才是，以前更穩重一點，個性也好一點。」

互相瞪了對方一眼後，我們為了這毫無意義的鬥嘴嘆了口氣。

「無論是好是壞，我們都變了呢。」

「感覺壞的部分比較多一點。」

面對苦笑的日菜，我聳了聳肩。

「啊哈哈，那麼，我就努力讓你覺得好的部分多一點囉。小谷同學的事情就交給我吧。」

她挺直了腰桿，拍胸補保證。

「嗯，拜託妳了。」

雖然覺得日菜值得信賴，但也有點寂寞。

大概是因為，更湧現出日菜已經不需要我的實感吧。

「啊，還有——」

「我知道。會刪掉照片，小谷同學也對我說過不要跟其他人提起我跟大和的關係。我也不希望八卦傳播出去，被投以奇怪的目光呢。」

「……好。」

像這樣不通過言語就能傳達心意的默契，確實印證我們的過往交情——但是，這種讓人懷念的心有靈犀，反而凸顯現在兩人的隔閡之深。

無法填補的事物就在此處的這件事，也都傳達給了雙方。

「那麼，差不多該回去了，我也得好好練習呢。」

「知道囉。謝謝妳還特地抽時間幫忙。」

我目送著轉身離開通道的日菜，心想。

「……時間，過得還真快啊。」

再次感受到，分隔一年的沉重。

在一切結束的現在，還未完成的事情到底是什麼呢？

那些，我還未能尋見。

在舞臺下的通道檢查一輪小道具後，差不多到了第二次全體訓練的時間，我也回到臺上。

「啊，大和，你去哪裡了？」

一穿過側臺通道來到舞臺上，結朱就眼尖地發現我。

「在側臺處理些事。」

因為說明很麻煩所以回以模稜兩可的話，結朱不知為何緊盯著我。

「這麼說來，剛才也看到柊同學往那邊走呢……嗯哼～」

喔喔，想說隨便回答一下，卻造成意料之外的糟糕情況。

「不是啦……就小谷的事情啊。」

慌忙地解釋後，像是解開了結朱的誤會，緊盯的視線消失無蹤。

「嘿~那麼第一次為什麼要糊弄過去呢？談話內容應該也可以跟我說才是。」

「妳這樣說實在無法反駁啊，只能說是沒有溝通力的陰角部分出現了吧。」

就算是重要情報，我就是個如果沒人問就不主動說的不機靈男人。

「原來如此，那就沒辦法了。這對陰角的大和來說是高難度要求。」

雖然覺得是個很痛苦的藉口，結朱卻輕易認同。

「喂，這時候被爽快肯定，反而讓人火大耶。」

「不是啊，畢竟非常有說服力呢。原來如此，的確是首個需要考慮到的可能性呢，我反省。」

結朱嗯嗯地點著頭。

雖然非常火大，但因為是自己說出口的、又是事實，所以無法反駁。

唯一能說的，自己說出口倒還好，被人點出來會更火大呢。

「是啊，身為沒有溝通力的陰角還真是抱歉。」

「好啦好啦，不要鬧彆扭了。沒問題的，就算是沒有溝通力的大和我也超喜歡的喔。」

看我不開心的樣子，結朱「乖乖」地摸著我的頭。

「喂，那種安慰小孩的方式是怎樣。」

「沒問題喔。稍微孩子氣的大和我也超喜歡的喔。」

「陰角就算了，孩子氣這點我可沒有承認啊喂。」

我退後一步躲開結朱的魔爪，她有點遺憾地聳聳肩。

「唔……明明是能見識到我滿滿母性光輝的場面，已經結束了啊。」

「母性光輝才不是那麼讓人火大的東西呢。」

明明接下來還要練習，這種沮喪感還不是一丁半點。

我一邊想著這件事，一邊練習自己的劇本時，聽到體育館入口開啟的聲音。

「啊，有了有了。喂~柊，有件事想問妳。」

一看過去，來者是二年級的女子籃球社社員。

「有什麼事情嗎，西宮學姊？」

面對日菜的回應，西宮學姊回以困擾的表情。

「工作進度稍微有點狀況。」

籃球社通過文化祭來找出能夠發揮領導力的人，特意讓一年級生來進行指揮。

從誰擔任主演就能知道，今年的男性隊長是櫻庭，女生主導人是日菜。所以，才會像這樣來尋求指示。

「戲劇社好像沒辦法出借舞臺用的服裝，似乎是他們自己的戲劇要使用。那麼，接下來該怎麼辦才好。要去租借嗎？」

日菜稍微思考後，點點頭。

「這樣的話也沒辦法呢……就去租借吧。」

「不，等等喔。」

但，那個決定被我打斷。

「怎麼了，大和？」

沒想到我會開口吧，日菜瞠目結舌。

「文化祭的當天是萬聖節吧。商業的服裝租賃大概會撞衫。很容易出現問題，而且借不借得到也是個問題。」

「啊～……的確。」

像是突破盲點似的，日菜皺起眉。

接著，結朱拿出手機，不知道在搜索什麼。

「真的呢。商店的主頁面上顯示，萬聖節的預約已經爆滿了。」

「唔哇，怎麼辦。現在開始自己做？」

西宮學姊也是，因為意料之外的事情而困擾，邊找尋第二個解決方案。

對此，櫻庭搖搖頭。

「不，做不到吧。畢竟排程已經很滿了，而且也很難確保作業時間……最重要的是，我不覺得可以做出上得了檯面的衣服。」

櫻庭皺著眉，國江同學也默默不語並不安地看著四周。

我啪的拍一下手，用聲音聚集所有人的目光。

「冷靜下來。萬聖節當天 COSPLAY 的需求很高，應該有相對應的租借服務。結朱，這附近有服裝科系的學校嗎？」

如此詢問後，結朱馬上操作起手機。

「等等喔。那個……嗯，包含短期大學在內有三所。」

聽到這個結果，我點點頭說道。

「剛好是這個時節。有這幾間的話，應該可以在哪一間找到以在萬聖節使用的裙子或是服裝做為考試課題的學校，試著聯繫他們，問問看能不能借我們服裝。」

聽到我的話，日菜露出不安的表情。

「不過，明明是仙履奇緣服裝卻是萬聖節裝扮……沒問題嗎？」

「因為這次學校全體都是以萬聖節為主題，不如說比普通裝扮的仙履奇緣還要適合吧。不過，劇本或許需要調整，得聯繫一下戲劇社。有人有異議嗎？」

如此詢問，沒有人舉起手。

「那麼，就這麼做吧。麻煩前輩聯繫專門學校以及短大。日菜跟國江同學請跟戲劇社說明情況。結朱做為保險，找找看有沒有還能租借的服裝租賃。櫻庭則通知籃球社主題變更的事情。」

「我知道了，馬上就去辦。」

日菜點點頭，所有人都動了起來。

接下來，我也得跟老師說一聲。

「大和。」

我比大家晚了一步準備行動時，途中停下行動的結朱叫住我。

「怎麼了，結朱。有什麼不懂的地方嗎？」

「……沒有。」

我看過去，她不知為何露出稍微複雜的表情。

她就這樣欲言又止了一番後，最後終於開口道。

「上次籃球比賽的時候就在想，大和似乎很擅長團結大家並調動眾人呢。」

「……欸，寶刀未老吧。」

回答的同時，我的心情也五味雜陳。

被結朱這麼一說才注意到，剛才或許稍微強出頭了。

「像這樣，半吊子就去解決他人的問題也是我的壞習慣吧。」

堅持到最後還是出手了，結果就使喚起他人了。

「但是，看起來活力十足喔？」

結朱的話帶點促狹。

「饒了我吧。好，開工吧。」

我皺著眉否定她的話後，轉身離去。

就在這時。

輕響起砰的一聲，結朱從後方抱住了我。

「喂、喂。」

對於她突如起來的襲擊，我不禁動搖。

想著她是不是又在捉弄我，結朱卻遲遲沒有放開我的打算，反而更用力地抱緊我。

接著，我稍微冷靜了一下。

「怎麼了，發生什麼事了嗎？」

即使轉過身，結朱還是將臉貼著在我的背上，看不見表情。

不過，我下意識知道結朱有些反常。

「……是有，但我不跟你說。」

帶點彆扭，又有點撒嬌的聲音從身後響起。

「這樣啊。」

我輕嘆口氣，放鬆身體任由結朱抱住我。

這傢伙總在奇怪的點上表現執拗，決定不說就不會說出口吧。

我能做的，只有直到她想說出口為止，先讓她像這樣撒嬌而已。

「大和。」

過了一會兒，結朱輕聲喊著我的名字。

「怎麼了？」

「文化祭結束後，我們再去玩遊戲吧。」

「真突然。欸，就算妳不說我也打算這麼做。」

面對事到如今預期中的邀約，我也理所當然地答應了。

「再去那間文藝社，兩個人一起玩喔。說好囉？」

「好。」

即使不明白結朱的意圖，我還是無異議地點頭。

說完，像是滿足了，結朱放開我。

「……嗯！復活！」

一說完，結朱露出一如往常的開朗笑容。

「沒事了嗎？」

姑且想確認她有沒有在逞強而盯著結朱的臉時，她不知為何露出促狹的笑容。

「怎麼？因為我離開而感到可惜嗎？」

「妳傻啦。」

可惡，擔心她的我簡直像是個笨蛋。

「不不，不用勉強喔？好啦好啦，這次就由大和來緊緊抱住我，不管多久我都配合喔。」

結朱啪的張開雙手，擺出迎接我的架勢。

「……那麼，麻煩妳找找衣服租賃的店面。因為租借數量很多，如果不是附近的店家，放棄也沒關係喔。」

「啊，回到工作話題了。真不坦率呢，真是的。」

明白我完全無視她之後，結朱氣噗噗地鼓起臉頰。

「好了啦快點做事吧。總之我先去教職員室一趟。」

「了解，路上小心。」

在揮著手的結朱的目送下，我離開體育館。

交涉與折衷，調查與說服。

儘管遇到了一些問題，最後還是在接近放學的時候，我們成功安排好所有事情。

「非常感謝您～」

我輕聲地道謝後離開教職員室。

「好累啊……」

原以為能很快解決，沒想到花了很多時間。

果然把外部的人扯進來，聯絡事情就會非常麻煩。

「好想早點回去玩遊戲啊……」

這時候如果可以提升RPG的等級就再好不過了。

聽著音響播放著合適的音樂，專心一致地提升等級，以此來釋放壓力。

之前跟結朱這樣說，她表示無法理解就是了。

在籃球社的時候也是，一旦累積壓力就會不斷進行投籃練習，我應該是透過專心完成規律作業來保持精神穩定的人。

「啊，大和。辛苦了。」

邊思考著這件事邊步行在走廊時，日菜走了過來。

「辛苦了。要說服戲劇社很辛苦吧。」

我一如此慰勞，日菜露出笑容。

「沒有喔。戲劇社也滿通情達理的，我這邊的工作挺簡單的喔。比起我，大和比較辛苦吧。我們的顧問，挺固執的。」

一想到剛才老師跟我討論時的表情，我不禁露出苦瓜臉。

「欸，畢竟是社團外的人來主導變更計畫，會遭受非議的。說實話，他們都覺得是不是搞錯了負責人。」

明明是想發掘有領導力的社員，由社團外的人來主導變更計畫這種事，對老師來說應該是難以接受，溝通真的花費很大的心力。

「真是的，如果知道老師是那種個性，讓櫻庭或是日菜來說服就好了。」

「辛苦你了。」

日菜露出苦笑。

「真的，下次如果再有類似情況就交給日菜囉。」

「不不，比起那樣，還有讓大和加入籃球社這一手段喔。」

日菜饒有興趣的說著，我卻一臉不快。

「就說沒有了。一有機會就邀我呢，妳這個人喔。」

「當然囉。社員增加的話社團經費也會增加，工作也會比較輕鬆，我的話無論何時都大表歡迎呢。不然成為幽靈社員也可以喔。」

「完全是為了增加經費不是……」

我盯著她看了一會兒，日菜呵呵地笑了起來。

「開玩笑的。大和有超喜歡的女友了嘛。如果有時間打籃球，不如跟七峰膩在一起對吧？」

「咕……隨妳解釋吧。」

雖然是不太情願的誤解，但既然假扮情侶，這裡就不能否認。

我深深地嘆了口氣，接受自作自受的誤解。

這時，晚秋的冷風從敞開的走廊窗口吹進。

「哇，好冷。」

「畢竟是晚上了呢。」

看向窗外，太陽已西沉，群星在夜空中閃爍。

「總覺得，像這樣跟大和一起看星星，讓我想起我們初次見面的時候呢。」

日菜突然懷念地笑了開來。

「是啊，日菜一個人摺著千紙鶴的時候嘛。」

在傍晚的教室內孤獨一人不斷地摺著紙鶴的日菜。

總覺得不能放著不管，所以我就向她搭話了。

「在那之後，送妳回家的那段時間，不管怎麼跟妳說話妳都沒反應，讓我很困擾呢。」

完全無法聊天，只是一邊呆呆地看著星空，一邊走在回家的路上。

一想起那種過往，日菜稍微紅了臉。

「因、因為很緊張嘛。我還是第一次跟朋友一起回家……更何況還是個男生。」

「是嗎？還以為妳超級警戒我，害我超失落的。」

敗給尷尬的沉默，即使拚命找話題的那段時光，現在想想也是不錯的回憶。

「我也是非常辛苦喔。一起摺紙鶴，回家途中對話……」

「然後還被看到的同班同學們捉弄之類的。」

那個時候，還有我跟日菜在交往的傳聞。

我一說到那個傳聞，她似乎也想起了，一個勁地點頭。

「有喔有喔。老實說，我也想過大和是不是喜歡我，也曾心臟怦怦跳過喔。」

「喔，什麼啊，原來妳有那種想法啊？」

「不是，因為沒有甩過人，想著該怎麼拒絕比較好。」

「是那種想法喔。還真是讓人想笑的想法呢。」

像是鬆了口氣，又像是虛脫的感覺，日菜感到奇怪地笑了笑。

「啊哈哈。我們不是那種關係吧。」

「欸，的確。」

我點點頭後，對話便中斷了。

不久後，日菜看著窗外的星空，並再度開口。

「……不過，我們，究竟是什麼關係呢？」

就這樣，她第一次切入關鍵的問題。

「……………」

「我覺得，是好朋友。關係最好，跟大和無話不聊，即使吵架也能和好。」

我也是，雖然想如此回答，卻沒能說出口。

而背叛這份關係的，毫無疑問是我。

「沒想到，我們竟然是連架都吵不起來的關係。」

她寂寞的笑容，讓我心頭一揪。

「我呢，有件事一直很想問大和。」

日菜直面地盯著我。

她想詢問的事情，我在一年前就知道了。

我再一次思考。

對於一年前我所傷害的日菜，該怎麼回答才好呢。

如何回答，才是不會再次傷害她的軟著陸呢？

「但是，現在不會問。」

應該是看透了我的緊張，日菜淡淡地說著。

「……為什麼？」

我一問，她露出略帶寂寞的笑容。

「我想知道的是，大和的真心。不需要那種為了不傷害我的委婉回答喔。」

「——」

對於被看穿這事情，我心中一驚。

的確剛才，我沒有想要真心回答日菜。

「所以我，現在不會問你。直到大和能夠認真回答我為止——就像當初那個時候為止。」

日菜以毅然的表情對我宣告。

啊啊——這樣啊。

我終於明白了，這份讓我心裡不舒服的真面目。

「日菜……我。」

就像對結朱也說過的，我覺得友誼的結束不是件壞事。

但是——我們之間還沒有結束。

最後的最後，既沒有吵架，也沒有互訴真心話的情況下分開的結果，就是連結束都沒有的關係。

日菜跟我的心中都有一直懷抱著某樣東西，並被束縛住。

「啊，小日菜。剛才戲劇社的人調整好……劇本了……」

前來報告工作進度的國江同學話才說到一半，似乎是察覺我們的氛圍，僵在原地。

「對、對不起……打擾到你們了？」

國江同學頓時就退卻了。

這樣一來，已經無法再繼續談話了。

我們將暴露的過往硬是塞回心裡後，對國江同學露出微笑。

「沒事，稍微敘敘舊而已。比起這個，劇本怎麼了？」

日菜率先打圓場。

「那個，萬聖節版本已經調整好了……明天早上就會印好，我們就可以去拿了……」

國江同學戰戰兢兢地報告。我也笑著慰勞她。

「辛苦了，國江同學。特地來報告真是幫了大忙。那麼，去拿劇本就是我的工作呢。」

如此確認後，日菜也消去直到剛才的正經表情回應。

「確實呢，拜託你囉。啊，既然如此就跟七峰一起去拿嗎？要是工作中又在秀恩愛的話就困擾了，給你們來點兩人時間也行喔。」

「真是多餘的照顧呢。而且我不記得自己跟結朱有在秀恩愛喔。」

「「咦？」」

「喂，不要同時發出質疑啊。」

我瞪了一眼打從心底感到震驚的日菜跟國江同學。

「啊哈哈，抱歉喔。那，我們差不多該回去了，明天見。」

「辛、辛苦您了。」

日菜朝我揮著手，國江同學則是點頭示意。

「啊，明天見。」

我目送兩人離去的身影直到消失在走廊的拐角處後，小小地嘆了口氣。

接著，想起結朱的話。

「……沒完成的事情、啊。」

既不是失敗的事，也不是錯誤的事，留下的是——之後必須做的事情。

最終，或許那傢伙是看得最清楚的。

完成，那個時候未能完成的事情。那是，我的職責。

「哈～今天也辛苦了。日菜，回家路上順便去趟便利商店吧。」

女子籃球社的朋友在練習結束後如此邀請她。

「好啊，我也餓了。」

一邊收拾著籃球，日菜乃也笑著回答。

在跟大和相遇的幾個月後。

日菜乃已經交到朋友，不再像以往一樣孤立。

話雖如此，也沒有比大和更親近的朋友。

「啊，對了。順便約大和可以嗎？」

日菜乃如此提案，朋友露出耐人尋味的壞笑。

「是可以啊。但這樣我是不是就打擾你們了？日菜跟和泉兩個人單獨比較好吧？」

「才、才沒有那回事呢！」

還不太習慣類似捉弄的日菜乃，瞬間面紅耳赤。

雖然明白是自己的反應讓人覺得有趣才會被捉弄，但日菜乃還沒有機靈到可以遮掩自己的程度。

「好啦好啦。那麼，妳去約他吧？收拾籃球的事，就交給我吧。」

「嗯，謝謝。」

一邊感謝朋友，日菜乃一邊走向男子籃球社的球場。

這時，大和一個人練習著投籃。

「…………」

最近，大和很常一個人練習投籃。

不苟言笑、平靜地、專心地將籃球投入籃框中。

「那個……」

眼前的身姿有種難以接近的感覺，日菜乃猶豫著該不該跟他搭話。

這樣看著大和持續投籃的景象，突然間被籃框排斥的籃球向日菜乃飛來。

「唔哇，投太歪了……喔，日菜。」

這時大和才第一次注意到日菜乃的存在。

「可以幫我撿個球嗎?謝啦。」

大和瞬間露出一如往常的開朗笑容。

看到這個笑容，日菜乃稍微鬆了口氣。

是錯覺吧，剛才大和身上纏繞著難以親近的氛圍什麼的。

「那個，大家差不多都回家了，想說來邀大和一起走。」

說出邀約後，大和稍微考慮了一下後，搖搖頭。

「嗯~我想要再練一下喔。」

「這樣啊，好可惜。」

日菜乃不禁失落起來，對比下大和反而一副開朗樣。

「欸，日菜也交到朋友了。我不用特地跟去也沒關係吧?」

被這一說，日菜乃害羞地點點頭。

「嗯，多虧了大和喔。」

「沒有沒有，是因為日菜是個不錯的人喔。大家察覺到這點罷了。不過，這樣一來我就安心了，或許可以引退了呢。」

「引退……具體是指什麼?」

面對呆愣的日菜乃，大和露出帶點認真的表情。

「這個嘛。總之就先退出籃球社吧。然後一整天懶洋洋地打電動打到瘋也不錯呢。」

「不、不行啦，那種事！」

日菜乃慌忙制止。

應該是過於拚命地制止表現，大和露出苦笑。

「開玩笑的。」

「我、我知道啦……」

自己像個不會察言觀色的人，日菜乃紅著臉低下頭。

開玩笑的……沒錯，一定是開玩笑的。

明明該是這樣，日菜乃卻在一瞬間看見了真心。

「日菜～該走囉！」

這時，已經收拾完的女籃球社社員友人，朝著一直對話著的日菜乃喊道。

「在叫妳喔，去吧。」

「嗯、嗯。大和也自主練習加油喔。」

「喔。」

將一直抱在懷中的籃球傳給大和後，日菜乃走向友人。

途中，她回頭偷偷看了大和的背影，果然有種難以接近的氛圍。

「……是錯覺啦。都說是開玩笑的。」

以低喃對自己說道後，日菜乃向前邁進。

——等到一切結束之時，她才意識到那份不安並非錯覺。

三章

我為自己的存在感到自豪呢！

忙得昏天暗地的準備日子，一轉眼就過去了。

被大大小小各式各樣的麻煩來回折騰的每天，意外地滿開心的，而這樣的時光終於迎來結束。

今天是十月三十日。

萬聖節文化祭終於到來。

「大家，今天這個日子終於到了呢！」

站在被改裝為喫茶店教室中央，傑克南瓜向眾人喊道。

當然，裡頭的人是生瀨。

今天的每個學生都有義務身穿跟萬聖節有關的服裝，所以他才會是這身打扮。

順道一提，不知為何他幫我們準備是神父裝。

設定似乎是前來驅魔的驅魔師。

「雖然可能遇到麻煩，但大家會一起度過難關的！店面就此開張！」

隨著他的一聲令下，喫茶店正式開張。

想著終於到了這一刻，我也稍微興奮起來。

剛一開店，就有人向我搭話。

「嘿，那邊的神父先生。」

我一回頭，那邊站著一位穿著暴露的惡魔女孩。

頭上有著小巧的犄角，身穿露肩露腿的連身短裙，背部還戴著類似蝙蝠的翅膀。

是COSPLAY的結朱。

「現身了啊，惡魔。竟敢現身在我的面前，實屬愚蠢。」

「不是惡魔是吸血鬼啦。」

我將脖子上的十字架展示給她看後，吸血鬼卻毫無退卻的樣子，堂堂地挺起胸膛。

結朱意外地「很有料」呢，從連身短裙可以清晰地看見胸間夾縫的凹處。

「如何，這身裝扮？可愛嗎？很可愛吧。」

結朱向我展示她的打扮。

「……不覺得有點暴露嗎？我都不知道該往哪裡看。」

移開被胸前山谷吸引走的視線後，結朱像是看到有趣的玩具般，一臉壞笑。

「唉呦唉呦～？身為聖職人員卻充滿邪念呢，大和。吶吶，看著我會臉紅心跳吧？」

被說到痛處，我咬牙切齒地瞪著她。

「吵死了。是說妳啊，接下來還要去招攬客人吧。穿著那身衣服去的話，會被奇怪的男人纏上喔。還有妳會冷吧。」

我主張著自己的正當性，但不知為何結朱的從容絲毫未變。

「喔～也就是說，你不想我穿著這身裝扮被別的男人看見囉。吃醋了呢，大和。」

「這解釋是怎麼來的啊！」

我斷然否定後，結朱從教室的一角拿來斗篷跟帽子，這些是做為預備品的。

「真是強硬呢。那樣的話，就給吃醋的大和一次選擇的機會。如果現在承認自己吃醋的話，我就換下吸血鬼的服裝，改穿不那麼暴露的魔女裝。不承認的話我就維持原樣。那麼，請選擇？」

結朱開心地塞了兩個選項給我。

無視她說的話，我將教室的窗戶開了一點縫。

瞬間，十月末的冷風襲向結朱。

「冷死了！」

結朱不禁縮著身體，因寒風而顫抖著。

「就說啦。不披上斗篷的話會感冒的。」

然而，即使結朱瑟瑟發抖，卻堅決不妥協。

「但、但是……如果大和不承認吃醋，我就不穿斗篷。」

「怎麼突然就把自己逼入絕境，這是什麼束縛啊。」

「那、那麼快點承認吃醋……哈啾！」

「好啦，好啦。我超級吃醋的啦，不想讓其他男人看到小結朱的這身打扮。拜託請換成魔女裝扮。」

「真拿你沒辦法呢，真是的！」

一聽到我投降的瞬間，或者說是當我說出「拜託」這段，結朱馬上拿起斗篷包住自己。

「大和真的很喜歡我呢。然後占有慾也很強。」

「啊哈哈，結朱很適合當魔女呢。居然能將他人的溫柔歪曲解釋成這樣，除了魔女沒人辦得到呢。」

我皮笑肉不笑地回嘴後，結朱也對我回以最棒的笑臉。

「唔呼呼，這樣的話，大和可不適合當神父呢？竟然一臉平靜地撒謊。明明超級吃醋，卻用其他藉口讓我換衣服。不行喔，神父是更正直的人才對。」

「啊哈哈。」

「唔呼呼。」

我們一邊維持著笑臉，一邊不像情侶地互瞪。

「……吶，那邊的笨蛋情侶。你們很礙事，能不能快點去發傳單。」

轉頭看去，那邊站著一位身穿跟結朱同款魔女裝的小谷，她一臉愕然地看著我們。

「誰是笨蛋情侶啊……哇，魔女裝扮很適合妳喔小谷。」

俐落的風格與華麗的氛圍，以黑色為基底的魔女裝扮，非常適合她。

我不禁脫口說出真心感想，身旁的結朱戳著我的腹部。

「喂～我也想要聽到這種讚美話耶？而且，可以的話希望比小谷更早聽到說～？」

戳戳戳！結朱用食指連戳我的側腹。

「快住手。剛剛不就誇過妳了，表裡如一等同魔女。」

「那才不是誇獎！什麼嘛～我真的要生氣囉。」

可能對結朱來說是個大問題吧，她板起臉表達自己的憤怒。

「啊啊好啦是我的錯啦。我家的小結朱最棒了。」

「這還差不多！」

結朱的心情一下子變好，真不知道是個難應付的傢伙還是個好應付的人。

「……那麼，被笨蛋情侶當作試探感情物的我，到底該怎麼做才好呢？」

這時才注意到，小谷用非常冷峻的眼神看著我們。

「不是，並沒有把妳當成試探品——」

「啊～算了算了。繼續看你們卿卿我我真的會瘋掉，再說被和泉誇獎也沒什麼好開心的。」

小谷揮了揮手打斷試圖辯解的我。

「所以說，快點去發傳單啦。我也得……去希望能讚美我的人的身邊。」

「小谷……」

聽到有些害羞的小谷說出這番話，我不禁瞪大雙眼。

「那麼，就恭敬不如從命囉。走吧，大和。為了不被奇怪的人糾纏，你就當我的護花使者吧。」

接著，結朱拉著我的手，朝教室外走去。

我也拿起桌上的傳單，跟著她離去。

「小谷，還沒放棄呢。」

才剛走到走廊，我不禁低喃道。

校內已經滿是客人相當熱鬧，但結朱還是聽見了我的低喃，輕笑起來。

「嗯，得感謝柊同學才行呢。亞妃，好像完全冷靜下來了。」

像是後悔，又像是開心，結朱表情很複雜。

我輕輕撫摸心情低落的她的魔女帽。

「不止這樣吧，你們也有好好地出力幫她。」

我鼓勵道，她稍感害羞。

「也是，雖然大家都忙著參加文化祭，但還是想將大家聯繫起來。在這之中……一定有會有所收穫的。」

日菜讓她放鬆下來，只是個契機。

將小谷聯繫起來的，是結朱他們的羈絆。

「……吶。」

這時，結朱一瞬間轉變為認真的表情。

「怎麼了？」

「大和會對失敗的友情──嗯，沒什麼。」

話才說到一半，結朱就搖了搖頭。

「結朱？」

看到我訝異的樣子，結朱一改之前認真的表情，露出微笑。

「沒什麼，別在意。比起這個，我們快點發完傳單吧。大和也希望跟我的約會時間可以久一點吧？」

「不是，不用太久也沒關係……欸，能早點搞定工作也不錯啦。」

看到我點頭，結朱露出苦笑。

「大和，真是不坦率呢。」

「吵死了。」

接著，我們開始工作。

一邊發傳單給來賓，一邊驅趕圍在結朱身旁的搭訕者，然後繼續發傳單、驅趕搭訕者，來來回回努力工作了三十分鐘。

「終於發完了。辛苦了，大和。」

「喔。」

終於分發完全部傳單的我們，在小小的解放感中互相擊掌。

因為我跟結朱的主要工作是幫忙籃球社，所以在今天正式上場之前的安排就比較少，接下來可以去逛一下。

「好不容易可以自由行動，如何？有想去的地方嗎？」

我一問，結朱「嗯～」地思考起來。

「要去哪裡呢？我也忙著準備沒時間規劃呢。去問問別人好了……啊，剛好──」

順著結朱的視線看去，看到照例的那顆南瓜頭。

「喂～啟吾。」

被結朱呼喚後，南瓜頭轉過頭來，快步走向我們。

接著，他在拿在手上的素描本上寫了什麼，並展現給我們看。

『請別直呼中之人的名字，現在的我是傑克，或是稱我為南瓜君也可以。』

「是可以，但為什麼要筆談啊。」

我一詢問，自稱傑克的人再次拿筆在素描本上寫了些字後，拿給我們看。

『我是這個文化祭的吉祥物，為了遵守世界觀是不能說話的。』

「就像是某個夢幻之國的老鼠啊……你啊，是巡邏員吧。」

『遇見緊急狀況時還是可以說話的。除此之外，絕對不能說話。』

南瓜君有種奇怪的職業意識。

我夾雜著半佩服和半驚訝的心情看著眼前的吉祥物時，結朱等不及地切入主題。

「吶，啟……不對。南瓜君的話，應該很清楚這次文化祭的展出項目吧？有什麼推薦情侶去的店嗎？」

被詢問的傑克，再次振筆疾書。

『那樣的話，占卜館如何呢？是由二年A班舉辦的。』

「占卜……聽起來不錯呢，大和！」

女孩子喜歡占卜的一面似乎展現出來了，結朱躍躍欲試。

我也沒有異議，只是不由得比較了一下雙方的裝扮。

「好是好，但占卜魔女跟神父的相性，總覺得很奇怪。」

「那麼，還是我換回吸血鬼服裝？」

「那樣的話，相性完全沒有變化呢。」

在我們對話期間，傑克又再次於素描本上書寫。

『你們喜歡就好。那麼，我回去工作了。』

「嗯，辛苦啦。」

「再見囉，南瓜君。」

目送著揮手離去的傑克後，我們走向舉辦占卜店的二年級教室。

不知道是幸運還是不幸，這所學校好像沒有許多的情侶，我們很順利地進入占卜店中。

「歡迎光臨……哎呀，是你們啊。」

裡面扮演占卜師是籃球社的西宮學姊。

「這裡是學姊的班級啊，前陣子受您照顧了。」

我禮貌地打聲招呼後，前輩學姊露出笑容。

「和泉和七峰對吧？是我受你們幫助了呢。做為謝禮，免費幫你們占卜吧。」

「咦，可以嗎？那麼麻煩妳了。」

滿臉笑容的結朱機靈地接受厚意。

這種不會被人嫌棄厚臉皮而討厭，到底是因為親和力還是人品呢。

「那麼，請在這裡寫下出生年月日和星座。」

在西宮學姊遞出的紙上，我們各自寫下各式各樣的信息。學姊看過之後，開始使用塔羅牌占卜。

「嗚~……有點不安呢。」

這段期間，結朱輕聲低喃了一句。

「怎麼了，想說妳總是自信滿滿，真讓人意外呢。」

原本還以為她又會說：「像我這樣的人，相性占卜肯定也是完美的。」

「不是啊，我的話不管怎麼想對大和來說都是配不上的好女人吧？所以，那個配不上的部分會不會變成扣分要素之類的。」

「……不如說，光是我忍耐妳的本性所帶來的壓力這點，不覺得就會扣掉適合度嗎？」

不理會一有機會就鬥嘴的我們，西宮學姊的占卜也結束了。

「好，占卜完畢。兩人的相性……『六十%』呢。」

「扣分了！」

「扣分了呢……」

面對超級微妙的結果，我們抱持著看似相同卻完全相反的感想。

應該是對我們的反應感到奇怪，學姊輕咳一聲後開始解說。

「首先，基本上相性很不錯。不過，很多時候總是喜歡用蒙混過關或是顧左右而言他的方式逃避出現的曖昧。推薦放下架子，正面回應雙方的感情如何呢？」

「…………」

「…………」

總覺得……雖然說不太上來，對於做為假情侶的我們來說，建言都突破盲點，讓我們不禁沉默不語。

準得可怕啊這個占卜，貨真價實啊。

像這樣……把雙方曖昧的部分，赤裸裸擺在眼前。

「欸，不過這個只是占卜而已。」

似乎是把沉默當成我們的失落，西宮學姊給予一抹安慰的微笑。

「占卜的是現在的相性。反過來說，還有四十％的進步空間。你們現在都已經如此恩愛了，之後再增加四十％的話，根本如膠似漆吧？」

「確、確實呢。真期待未來。」

結朱露出僵硬的笑容。

「那、那麼，為了累積其他的四十%，我們去其他展出項目吧……」

對於占卜結果感到畏懼的我趕緊站了起來準備離開。

「我覺得那樣很不錯。啊，對了。雖然兩位已經沒有籃球社的工作了，還是請來看劇喔。」

聽到她的話，我跟結朱點點頭。

機會難得，我也想好好觀賞自己參與過的舞臺劇。

「好，當然囉。那麼，我們就先行離開了。」

「謝謝您，學姊。」

我們稍微行禮後，離開占卜屋。

途中，我們深深吐了口氣。

「哎呀……太可怕了，完全無法反駁。」

「真的……太可怕了，完全無法反駁。」

雙方，都因為神準的占卜師而感到戰慄。

就在我下定決心不再一起去占卜的時候，從窗外飄來砂糖跟小麥粉的甜甜焦香。

「啊，有種很香的味道呢……可麗餅嗎？」

結朱似乎也聞到相同的香味，看向窗外。
平常熟悉的校庭裡，攤販櫛比鱗次，展現出跟祭典相當的非日常感。
「要去看看嗎？」
「嗯！」
結朱元氣滿滿地點了頭，我跟她一起走向校園。
這時，看到比校舍內更人滿為患的情況，我們不由得停下腳步。
「哇，好多人啊。感覺很容易走散呢。」
男生的我倒是沒差，結朱有些不安的樣子。
「是啊，妳可要跟緊我喔。」
當我盡可能尋找一條人較少的路線時，結朱似乎不滿地窺視著我。
「跟在你身後的話會走散吧～你要想一個讓我更不容易走散的方法才對吧～？應該有吧～更簡單的方法。」
總覺得出現了非常強烈的自我主張。
「確實，好，那我一個人去買，結朱在這邊等著。」
「為什麼是這種方式啦！」
儘管給予合理的回覆，結朱卻更生氣了。

「不是，那是最簡單的方法吧。」

「怎麼想都是牽手的好時機吧！明明我都在給內向的大和提供牽手的機會了，為什麼無視啦！」

「抱歉，有種被設計的感覺，不太爽呢，下意識就……」

「你這個六十％的男友！就是因為這樣才被扣分喔！」

「喂，別把六十％的責任推在我身上！是包含妳在內才六十％耶！」

互相推卸過錯，醜陋的兩人。

話說回來，明明是難得的文化祭，繼續這樣的互相推卸，實在是毫無意義。

既然如此還是我老實點，配合這個六十％女友吧。

「知道了啦，真是的……好，牽手吧。」

我伸出手後，完全想不到直到剛才還互瞪著，結朱笑逐顏開，回握住我。

「真是的，一開始就這麼做不就好了，真是受不了大和呢。不過，我覺得這樣一來就變成六十一％囉？」

「還剩三十九％啊，路還很長呢。」

我苦笑著向人潮走去，與我並肩而行的結朱不著痕跡地將牽手的方式變成十指相扣的握法。

「……不是，總覺得在別人面前用這種牽手方式，超級難為情呢。」

本來就是陰沉角色的我，在這種人山人海的場合進行露骨的情侶牽手方式，實在不好意思。

但是，陽角全開的自戀狂結朱，卻打從心裡感到開心。

「所以才說你太浪費啦。能夠在大庭廣眾之下跟我這麼可愛的女友卿卿我我，比起難為情更應該覺得驕傲才對吧？」

「這樣啊。照妳的歪理，妳帶著無法自傲的男友，走在街上應該覺得無地自容吧。」

「你這嶄新的發想有夠自卑！不過沒關係，我為自己的存在感到自豪呢！」

她對自己的肯定力真是突破天際。

一邊說著這些，一邊在瀰漫著甜味的可麗餅店前排隊。

「……我說，排隊的時候不用牽手也沒關係吧？」

突然意識到這件事準備鬆開手時，結朱卻像是要補上般，更用力地握住。

「才沒有，任何事情都是大意的時候最危險喔。正因為排隊，才要緊緊牽著手避免走散。這可是鐵則。」

結朱一臉正經地說著。

「是那樣嗎？」

「是那樣喔。」

如果是那樣的話也無可奈何。

我也不再抗議，繼續握著結朱的手等著隊伍前進。

隨後我們平安無事地買了可麗餅（即使付款時也還是牽著手），接著兩人邊走邊吃。

「啊，意外的好吃耶。」

可能是味道比預期中的美味，結朱有點開心。

我也吃了一口自己的可麗餅。

可麗餅烤得恰到好處，香草冰淇淋和桃子配料也很搭，確實意外的道地。

「真的，有點小看文化祭的攤販呢，意外地好吃。」

在我不禁感到佩服的時候，結朱把自己的可麗餅遞了過來。

「吶，大和。來交換一口吧。」

「啊，好啊。妳的看起來也很好吃。」

結朱的可麗餅，是巧克力冰淇淋上放滿鮮奶油和柳橙配料的口味。

「來，啊～」

結朱理所當然地打算餵我吃。

平常的話我一定會拒絕，但右手拿著自己的可麗餅，左手牽著結朱。這樣就沒辦法了，嗯。

「那……」

我在心中建構好理由後，準備享用結朱的可麗餅。

這時。

被人潮推擠過來的路人，撞上結朱的後背。

「呀啊!?」

「啊，對不起。」

路人簡單道歉後，就隨著人潮離去。

「嚇我一跳，真是的……啊。」

結朱似乎沒有受傷，但看到我的臉之後表情立刻抽搐。

沒錯——因為剛才的撞擊，我的臉直接撞上結朱的可麗餅。

「沒、沒事吧？」

「好甜喔。」

我從嘴巴到臉頰都沾滿了鮮奶油。

儘管方式奇怪，還是達成品嘗目的，但損失過大。

結朱放開直到剛才都牽著的手，在自己的口袋翻找起來。

「那個，紙巾紙巾……」

這段時間，因為很在意周圍的目光，我背對人群，盡可能把臉轉向人少的校園一角。

那裡，有一對跟我們一樣吃著可麗餅的情侶。

「啊，吶吶，臉上沾到奶油囉～」

情侶中的女生說出帶點鼻音的撒嬌話語。

那邊應該是完美達成了餵食儀式，男友的臉上只沾上少許的鮮奶油。

「真假？幫我弄掉吧。」

男友把臉靠向女友後，女友便開心嘟囔「真受不了你呢」後，用親吻的方式舐去臉頰上的鮮奶油。

「好，弄掉囉。」

「謝啦。」

哇塞……真正的情侶果然不同凡響。

雖然佩服，但再看下去似乎會反胃，我轉頭看向結朱。

這時，她正滿臉通紅地對比我跟那對情侶。

「我、我可做不到那種事喔!?」

看來是我一直盯著那對情侶，讓結朱以為我在催促她做同樣的事。

「不是不是，我可沒說要妳做喔！」

「眼神在說！」

「沒說！我的眼神就跟我一樣，是個低調的陰角喔！」

「但、但是，如果你真的想要的話，也不是不可以挑戰看看……！」

「沒說啦！」

「什麼嘛～！你這個膽小鬼！懦夫！」

「搞什麼!?」

突然開始不講道理了。

雖然發生一些小插曲，但我跟結朱還是在文化祭上大玩特玩，直到時間差不多了，便決定到籃球社露個臉。

「畢竟即將正式上場，讓大家因為我的可愛放鬆下來，就是我最後的工作呢。」

在前往體育館的途中，結朱展現謎之自信。

欸，如果是擁有交際力的結朱，確實能夠順利解除大家的緊張感吧。

聊著聊著，我們走進體育館後，看到戲劇社正在舞臺上表演。

劇名是「羅密歐與茱麗葉」啊……欸，和仙履奇緣服裝重複了。

「籃球社的大家在哪裡呢？」

「在舞臺下的通道。似乎在對大道具等做最後確認。」

我們為了不引人注目，低調地走到體育館旁邊，再走進下面的通道。

那麼，當我帶點壞心眼地想著會不會看到他們一臉緊張的樣子時。

——咚！

巨大的聲音以回音及從通路的一端傳來。

「颯太!?」

接著響起小谷的悲鳴。

我跟結朱面面相覷後，跑向深處。

之後，看到我們組裝好的布景倒在通道的正中央。

「怎麼了!?」

我跟結朱小跑著靠近後，日菜一臉鐵青地轉過頭來。

「大和……！剛才、放在這裡的布景不知道勾到誰的衣服就倒下了，快壓到早苗的時候……櫻庭就衝上去了。」

「兩個人都被壓在下面嗎……！喂，快幫忙抬起來！」

我呼喊周圍的的人，僵在原地的社員們這才回過神，一個個接近布景。

「慢慢搬喔。準備，搬！」

我們將布景抬起來後，裡面是國江同學，以及為了保護她而將她護在身下的櫻庭。

「颯太，沒事吧!?」

我們搬開布景的時候，小谷奔向櫻庭。

「嗯，沒事。不過難得大家來為我應援……痛！」

一邊說著，櫻庭一邊按著自己的腳。

一看，他的小腿被割傷，正流著血。

我馬上看向布景。

就看到布景的一角有根沒有釘好，有些突出的釘子。

被它割到腿嗎……？

「借過，亞妃。我幫他包紮。」

結朱不知何時拿來「戲劇社備用」的急救箱，奔向櫻庭身邊。

「先幫你止血。」

「抱歉，謝謝。」

櫻庭溫順地接受結朱的包紮。

「……早苗？」

這時，日菜關心在他身旁一直沉默不語的國江同學。

「小日菜乃……」

國江同學像是忍受著疼痛，皺著眉，按住手腕。

「難道說，妳的手在痛？」

「嗯……保護頭的時候撞到吧。」

「糟糕，之後可能會腫起來……讓我看看。」

日菜一臉凝重地開始幫國江同學治療。

正式上場前發生事故。真是相當棘手的狀況呢。

沒重傷就是萬幸，但得盡早確認是否能上臺。

「結朱，櫻庭還好嗎？」

我首先確認傷勢最重的櫻庭情況。

這時，治療中的結朱一臉沉重地開口。

「傷口很淺……但傷口很大，一動的話會再裂開。」

我仔細一看，櫻庭的腳上纏著止血綳帶，以壓住傷口。

「抱歉引起不安，沒有看起來那麼嚴重啦，沒問題喔。」

應該是猜想之後的展開，櫻庭強硬地表示自己沒事。

「颯太，不要逞強。」

小谷擔心地告誡櫻庭。

聽到這句話，櫻庭才受挫般地陷入沉默。

這時，我也補了一句。

「雖然很有氣概，但如果是出血性傷口，老師是不會允許的吧。而且櫻庭就這樣上場的話，演到一半血流不止，戲劇就得終止了。即使這樣也要上場嗎？」

面對殘酷的現實，櫻庭滿臉苦澀地深思後，緩緩吐了口氣。

「……不行。最少，今天的戲劇無法上場。」

幸好櫻庭是能夠在這種狀況下冷靜判斷的男人。

「既然光榮負傷了，就別逞強。如果沒有你的保護，那根釘子或許會割傷國江同學呢。」

我安慰道，櫻庭的臉色稍微緩和。

「啊，是啊。比起終止，這種狀況比較好。和泉，之後可以拜託你嗎？」

「……欸，沒辦法。可能擔不起這個重擔，但交給我吧。」

我接下他的拜託後，櫻庭有些安心地笑了。

「和泉的話一定會有辦法的，畢竟是威脅過我的男人。」

「哎呀，還在記恨啊？」

「有點，所以這次就不客氣地把麻煩事丟給你囉。」

面對開著玩笑的我，櫻庭也回以同樣語氣點頭道。

「你都這樣說了我也不得不努力呢。小谷，麻煩妳帶櫻庭去保健室。」

「我、我知道了。」

在一旁看著事態發展的小谷，在我的指示下扶起櫻庭，走往保健室。

剩下的是，國江同學吧。

「日菜，國江同學怎麼樣了？」

一詢問，日菜一臉凝重地搖搖頭。

「可能很嚴重。這種情況等等可能會腫起來，得觀察一下。」

「這樣啊……」

扭傷或骨折，往往都是過段時間疼痛加劇才發現。

現在都能感受到痛，可不能再亂動讓傷勢惡化，國江同學今天也無法參加吧。

「王子跟魔法使都無法上場嗎……」

「這樣還能表演嗎？今天，還是中止演出好了？」

「都努力到現在了……」

籃球社社員們也開始動搖。

我嘆了口氣，用力拍拍自己的臉，發出啪的聲響。

突然的聲響吸引了所有社員們的注意。

「好的，看我這邊。現在不知所措也沒用。與其想著辦不到的理由，不如思考怎麼讓事情順利進行。」

我如此說道後，日菜反應過來。

「是沒錯啦……但該怎麼做？」

聽到日菜不安地詢問後，我環顧所有籃球社社員。

「總之，不先找出代演就無法繼續討論，有哪位後臺的人記住王子跟魔法使的全部臺詞嗎？」

雖然知道不可能但還是試試看，果然沒半個人舉手。

想想也是理所當然。這次活動打從一開始就不順利，大家光是做好自己手上的工作就精疲力盡了。

這樣的話，能做的只有一個人了。

面對既是社外人員又是唯一人選的我，日菜雙目圓瞪。

「沒辦法，那我演吧。」

「大和……沒問題嗎？」

「對，因為對劇本的時候演了各種角色呢。大部分的臺詞我都記得。」

身為陰角的我雖然很不情願，但事態緊急。

和櫻庭也約好會搞定一切，這時候只能上了。

「那麼，我來演王子——」

「我來演王子！」

就在我死心接受的時候，突然有人加入成為候選人。

我看向聲音的方向，舉手的人是結朱。

「結朱……？妳，辦得到嗎？」

在我對預料之外的候選人感到訝異時，結朱一臉認真地點點頭。

「當然，我有跟大和一起對劇本呢。剛才是在顧慮自己不是籃球社社員，但大和可以參加的話我也要參加。」

這麼說來確實如此……但還是有點奇怪。

「結朱演王子？」

正想著「很明顯角色分配錯誤吧」時，結朱一臉歉意地點頭。

「嗯，抱歉，我只記得王子角色的臺詞。大和應該有記下魔法使的臺詞吧？」

「那樣的話就沒辦法了……」

連我都記得兩個角色的臺詞，而大家公認才色兼具的結朱卻不記得魔法使的臺詞，真讓人意外。

「欸好吧，結朱演王子也挺上相的。」

雖然還殘留一些疑問，但現在沒有糾結的時間了。

「沒時間了。馬上找個空房間練習吧！」

在我的指示下，大家開始行動。

需要做的事情過多，準備時間卻過少。

連思考這些的時間都沒有，我們立刻準備起來，還有五分鐘就要上場了。

「『魔法無法一直持續。會在午夜零點時解除』……」

在舞臺側的昏暗空間，我持續反覆默唸著臺詞。

——我在很早之前，就練習過演技了。

從進入國中，決定改變的時候。

假笑的方式、附和的方式、在人前說話的方式。

為了成為不是自己的自己，我拚命地反覆練習。

結果，雖然不算純熟，我演出的性格最後也迎來終結，沒想到過往經驗竟然在此時幫上大忙。

「大和，沒問題吧？」

這時，穿著初期仙杜瑞拉破舊衣服的日菜，擔心地詢問我。

「嗯，欸，總會有辦法的。」

當我露出半逞強的笑容後，日菜似乎放下心來，放鬆下來。

「大和這麼說的話，就一定沒問題的。」

「還真是信任我啊。」

「嗯，因為今天的大和，跟國中的時候一樣。」

「…………」

面對啞然失聲的我，日菜回以溫柔的目光。

「既然大和說總會有辦法的，就一定會想出辦法。我是這麼想的，大家也是。」

「……誇過頭了吧。我不是那麼了不起的人。」

即使我否定過度的評價，日菜的表情仍沒有改變。

「或許吧。但如果是魔法使的話，大和應該很習慣吧？所以今天也沒問題的。」

聽到日菜的話語，我皺起眉頭。

「習慣？我第一次演魔法使喔。」

不過，面對我再次地否定，日菜搖搖頭。

「沒那種事喔。是你改變了我，將我帶出獨自摺紙鶴的時期之後……讓我交到了朋友。雖然從沒跟你說過，但我一直很感謝你。」

「……這樣啊。」

我的胸口突地心痛。

擅自將她拉出來、擅自離開、擅自傷害了她。

沒被究責就不錯了，從沒想過會被感謝。

「所以，如果是大和的話就沒問題。你比任何人都更能勝任魔法使喔。」

「……嗯。」

面對微笑的她，我也回以笑容。

「吶各位，正式上場前我們來圍個圈打氣一下吧。」

這時，身穿王子服裝的結朱跟大家提案道。

有個詞叫作男裝麗人，對現在的結朱來說完美貼切。

正因為說這句話的是華麗的她，即將上場而緊張的大家也開心地點點頭。

「這提案不錯耶。」

「來吧來吧。」

聚集起來的籃球社社員圍成一個圓圈。

我跟日菜也在其中。

這時，確認日菜也在場的結朱，露出帶點惡作劇的微笑。

「那麼，就有請主演的仙杜瑞拉來喊口號吧。」

「我、我嗎？」

看結朱把自己拱出來，日菜一臉訝異。

如果是以前的她肯定面紅耳赤默不作聲，但是她如今已經成長，只是露出一抹苦笑後便接受，隨後平靜地開口。

「那麼……首先，雖然剛才出了點問題，但能夠一起克服的大家，非常值得信賴。有大家在一定能夠成功。連同櫻庭跟早苗的份，大家一起加油！好，正式上場！」

「「「喔！」」」

大家以體育系的氣勢一起響應。

——接著，戲劇正式開幕。

「很久很久以前，在某個地方有個名為仙杜瑞拉的少女——」

伴隨著沉穩的旁白，「仙履奇緣」開始了。

「仙杜瑞拉，仙杜瑞拉妳在哪裡？」

「我在這裡，母親大人。」

被壞心的後母和義姊欺負的仙杜瑞拉。

「在意柊同學嗎？」

當我在側臺看著舞臺上的時候，身穿王子裝的結朱不知何時來到我身旁。

「……也不是，是在留意自己何時要上場。」

「這樣啊。」

聽到我瞬間說出口的話，結朱靜靜地點頭。

我隱藏的真心，她肯定注意到了吧。

「柊同學呢，希望大和能回到以前那樣。而且，還期待說不定能藉由文化祭讓你變回去。」

「……………」

不理會我的沉默，結朱繼續說道。

「我也稍微想了一下。看到在文化祭取回領導能力的大和……不對，在你幫我恢復分崩離析的我們的關係的時候，就開始取回了。想說，說不定這才是本來的大和。」

「……本來是什麼意思啊。平實的我才是本色喔。」

面對總算擠出的話語，結朱露出微笑。

「或許囉。不過，你是會為他人努力的人。這點確實是大和的某一面喔。」

不知何時，結朱的笑容開始帶點寂寞。

「有種，我一直獨占它好嗎……這樣想著。」

比我還有日菜更快，結朱似乎得出了結論。

衝動之下，我脫口而出。

「我說啊——」

「這時，仙杜瑞拉的身旁出現了一名魔法使。」

準備將心中的衝動轉換為語言前，旁白殘酷地宣告我的上場。

「好了，快去吧。」

「……好。」

在結朱的目送下，我壓下千言萬語，點點頭。

隨後，我走向聚光燈照耀下的舞臺。

眼前是遲遲無法前往舞會、孤零零待在黑暗房間的仙杜瑞拉。

「請問你是哪位？」

孤獨的少女帶著膽怯的目光，詢問我。

看著這樣的她，我露出微笑。

「是路過的魔法使。在如此歡慶的舞會之夜，卻看到妳獨自哭泣，在意之下前來看看。妳為什麼在哭呢？」

——好懷念啊。

忽然，我的心中湧起這樣的感想。

那個在夕陽西下的教室裡，獨自摺著紙鶴的日菜。

我的腦海掠過那樣的身影。

「是啊，歡慶的舞會正在舉辦中……我卻沒有能去參加的裙子。馬車跟舞鞋也都沒有。」

仙杜瑞拉悲傷地低喃著。

我知道的。聽說事情原委的我，將她帶出了那個黑暗房間。

「那麼，讓我來為妳準備吧。1（eins）、2（zwei）、3（drei）！」

我誇張地揮舞著魔法杖，舞臺上除了照著我的燈以外，其他的燈全部轉暗。

「哎呀？魔法的狀態不太對勁呢。嗯～是因為萬聖節嗎？好的好的，機會難得，今天就配合節日吧。1、2，萬聖節！」

再度詠唱後，舞臺再次被燈光籠罩。

這時，舞臺上出現戴著女巫帽子的南瓜馬車，以及身穿以黑色和橘色為基底的萬聖節專用禮服的仙杜瑞拉。

「哇啊，好棒的禮服。」

仙杜瑞拉感動地看著自己身上的禮服。

她的頭髮上，也別著一枚不合於舞臺禮服的髮夾。

「妳滿意的話就再好不過了。不過，還請留意喔，魔法無法一直持續，到了午夜零點就會解除。」

是啊，但不用擔心。

她在魔法解除之前就能靠自己找到立足點，迎來完美結局。

「我知道了，會留意。」

仙杜瑞拉笑著點頭。

「嗯，服裝雖然很重要，但最重要的是那副笑容喔。難得長得這麼可愛，總是低著頭很可惜呢。」

似乎是以前，曾經說過的話。

日菜露出稍微驚訝的表情，隨後柔和地點點頭。

「……嗯，謝謝你。」

好懷念，真的好懷念。

我拉著日菜的手加入籃球社的時候。

在那段期間，我們確實是摯友。

『大和，失敗的友情──嗯，沒事。』

老實說，我是明白結朱想說的話。

——你不想要修復，失敗的友情嗎？

「那麼，快去舞會吧。」

為了護送仙杜瑞拉而伸出手後，她也迅速回握我。

「好。」

我再次牽起這隻，曾經拉起一次卻又放開的手。

——或許，可以趁這次重新來過。

就像結朱跟小谷、櫻庭跟生瀨一樣重新來過。

我也許，也希望有個重新來過的機會。

「那麼，路上小心。」

我目送著仙杜瑞拉坐上南瓜馬車。

接下來，已無需多言。

在身穿著萬聖節服裝配角們的簇擁下，王子與仙杜瑞拉翩翩起舞。

結朱那難以想像是臨時練習出來的演技與舞蹈，男裝也完美得令人火大。

隨後魔法在午夜零時解開，最後王子找出了玻璃鞋的主人，眾人期盼的完美結局。

於是，我們的戲劇畫下句點。

在最後的大賽結束後，日菜乃從籃球社退出。

雖然一開始有點迷茫，但也交到了朋友，也覺得國中非常開心。

心中已沒有留戀——只剩下一個。

「…………」

早上的上學路。

日菜乃在往常的場所靜靜等待他的到來。

為什麼？同時在心中抱持著這個疑問。

「……日菜？」

這時，她聽到了一聲呼喊。

日菜突然感到心中一震。

但是，並沒有表現在臉上，日菜乃滿臉笑容地跟他打招呼。

「早安，大和。」
「……嗯，早安。」
大和不知為何有點尷尬。
裝作沒看到那副窘迫，日菜乃開朗地繼續跟他說。
「一起去學校吧。」
「啊～……嗯，好。」
大和支支吾吾地點點頭。
他們就這樣無言地漫步著。
「退出社團後就變閒了呢。」
「是啊。」
即使日菜一直拋出話題，大和都只是冷淡地應付一句後切斷對話。
就算如此，她還是毫不氣餒地持續說著。
「對了，大家在計畫籃球社的全員下次一起出去玩，大和要一起嗎？」
如此邀約後，他露出拒人於千里外的笑容。
「嗯～不了，已經是應試生了，還是算了。」
「……這樣啊。那就沒辦法了。」

「嗯，抱歉。話說，說說我今天是值日生。抱歉，先走了。」

「啊，嗯。」

日菜乃只是目送著小跑著進入學校的大和。

——最一開始，真的以為是考試的關係。

不對，只是這樣相信。

但是，不知不覺……從社團退社之後越來越明顯。

大和開始跟日菜乃保持距離。

不對，不只日菜乃。

不只與籃球社的大家，還有班上的朋友都保持距離。

休息的時候也只見他一個人坐在自己的位置上，呆呆望著窗外而已。

「為什麼……」

她不明白。

哪裡失敗了，哪裡做錯了。

她也不是一、兩次打算豁出去問個清楚。

為什麼要避開她，到底有什麼不滿。日菜乃好幾次都想將心中怒火以及不安甩向他。

但是……至今為止，她都做不到。

因為很害怕。

——因為是同個社團的才跟妳有來往，既然退出了，就沒必要繼續友好下去。

如果大和這樣跟她說的話，日菜乃肯定啞口無言。

明明知道他不可能會這麼說，卻總是在開口的瞬間，腦海中就會浮現這種可能性，讓日菜乃梗在喉間說不出口。

「覺得我們是朋友的……只有我嗎？」

明明之前覺得大和是無話不談、什麼都可以商談的對象。

實際上，卻是連架都沒有吵過一次的關係。

這一事實，讓日菜乃震驚不已。

四章 雖然不是不行，但希望你說出口

「辛苦了，大家。順利結束真是太好了。」

當我們在代替為更衣室的空教室裡換衣服時，或許是傷員待遇，颯太已經換好普通衣服走了過來，笑著慰勞大家。

「颯太，已經好多了嗎？」

「不要逞強喔？」

面對擔心的籃球社社員，櫻庭笑著舉起了手。

「沒事，傷口很淺。明天應該就會癒合了，應該可以趕上文化祭的第二天。」

他這麼一說，籃球社社員便安心地興奮起來。

果然他在與不在，周圍的熱鬧程度便截然不同呢。

我無法取代他的這一點。

「和泉，今天真是幫了大忙。」

櫻庭走向我，對我表達謝意。

「什麼啊，要謝去謝結朱。頂替你的可是她。」

雖然說了之後交給我吧，結果王子的角色卻被別人搶走了，仔細想想還真是丟臉呢。

「是啊，但，對和泉有相同的感謝。」

「沒事的。只是工作罷了。那，我也換好裝了，先走囉。」

我有點不好意思，說完這句話後就匆匆離開更衣室。

四樓是保留給學生做準備使用，一般客人不得進入，可以斷絕外頭的熱鬧。多虧如此，最適合喘口氣。

「那麼，該做什麼好呢。」

我可沒有一個人自己逛文化祭的心情。

而且也有非得談話的對象，還是兩個人。

「……雖然不知道誰會先來，但在這裡等的話總會經過的。」

正當我想著這些的時候，一名眼熟的女子從當作更衣室使用的教室那邊走了過來。

「國江同學。」

我一喊，她先是嚇了一跳，隨後雙眼圓瞪地看著我。

「那、那個，和泉同學……你好，剛才真的是給你添麻煩了，竟然還讓你代演。」

國江同學拚命地鞠躬道謝。

我不禁苦笑。

「不用那麼拘謹啦。比起那個，妳的手腕還好嗎？」

我讓她不用那麼客氣後，她用稍微和緩緊張的表情回覆。

「好、好的。只是普通的撞傷而已。明天似乎可以上臺。」

「太好了，那我的工作就告一段落了。明天加油囉。」

我也鬆了口氣。

「好、好的！」

對於我的應援，國江同學僵硬地回覆，但似乎有什麼事想說，馬上皺起眉頭。

「那個……雖然這樣說很奇怪，您知道小日菜乃在哪裡嗎？」

「嗯，沒在更衣室嗎？」

「是的，哪裡都……想把剛剛她借給我固定手腕的手帕還給她，但手機卻聯繫不上。」

國江同學一臉困擾。

因為要跟班上的人聯繫，學生是被允許攜帶手機的，不過為了防止在舞臺上響起，正式演出時關機也是其義務。

日菜那傢伙，肯定是忘了開機。

「了解，我也去找找。找到的話會請她跟國江同學聯絡。」

就算是出於個人考量，我也該先去見見日菜。

如果不跟那個傢伙做個決斷，我肯定無法再往前走。

「麻、麻煩你了。那麼，我也去找她了。」

「嗯，路上小心。」

我接下任務後，國江同學點頭示意後就離開了。

「日菜會在哪呢……」

我漫無目的走著。

也許她到處逛著文化祭，但要在人山人海的校園中準確找到日菜實在困難。

最少，能在四樓就好了。

正當我煩惱該怎麼辦的時候，看到熟悉的面孔……或者該說是熟稔的南瓜頭。

正好。如果是在校內巡邏的這傢伙的話，或許曾在哪裡看過日菜。

「喂……生瀨。」

我一喊，生瀨頂著南瓜頭轉向我。

這樣近距離看著，超可怕的啦，這個頭。

『怎麼了？』

為了守護世界觀，生瀨忠實地用素描本筆談。

「沒什麼，我在找日菜，你有看到她嗎？」

一詢問，生瀨拿起筆唰唰地在素描本上寫著。

『有看到她往體育館方向走去。』

「體育館……原來如此。謝謝，生瀨。」

我不禁覺得能夠猜出日菜的行動。

我跟生瀨道謝後，小跑著前往體育館。

今天，在正式上場前發生了事故。

然後，明天還要上臺。

這樣一來，日菜思考的事情就簡單了，然後會做的事情也同樣明瞭。

「喲，日菜。」

我走進舞臺下的通道後，果然發現身穿魔女裝的日菜正一個人收拾著通道。

「大和……你怎麼在這裡？」

「那是因為，仙杜瑞拉獨自打掃家務的時候，魔法使當然會前來幫助吧。」

我半開玩笑地說著，或許是覺得有趣吧，日菜呵呵地笑著起來。

「今天發生了危險的事故呢，想說在明天前整理好。」

「明明發生危險的事故，竟然還一個人跑過來收拾。如果有個萬一怎麼辦啊。」

當我以正論責備時，不知道是不是戳到日菜的痛處，她縮起脖子。

「嗯，抱歉，一個不注意就——」

「而且手機也沒開機，國江同學也在找妳喔。」

我一說，日菜將手伸進口袋，拿出手機。

「……真的。完全忘了。」

日菜在開機的時候，我環視了通道。

雜亂堆放的戲服、沒使用的布景、小道具。

再次這麼一看，這地方什麼時候再發生事故也不奇怪呢。

我拿出衣箱裡的工用手套，並戴上。

「好，那麼就三兩下解決它吧。從大型道具開始收拾吧。」

我邊說，邊開始收拾布景。

看到這一幕，日菜不知為何愣住了。

「咦……為什麼大和要？」

「什麼為什麼，兩個人一起比較快吧。」

我一回答，日菜驚訝地沉默了一會兒後，露出溫和的表情點點頭。

「嗯，也是呢。」

接著，兩個人開始收拾。

「雖然覺得日菜變了很多，這點卻跟以前一樣沒變呢。」

我回憶起一個人摺著紙鶴的她，略帶調侃地指出這點。

「大和才是。這一點也完全沒變嘛。剛才的臺詞，我們第一次見面的時候就聽過了。」

「……這樣啊。沒有成長呢，我這個人。」

今天的演出也是如此。雖然非我本意，一回神就身負麻煩事。

儘管想做出改變，但所謂的人類似乎很難改變。

「不過，很開心呢，那個時候。」

日菜一邊工作著，一邊零星說著。

「是啊。」

我也沒有看向日菜，只是邊收拾邊回應。

「真的很開心呢……然後，為什麼就這樣結束了呢。」

沉默。

察覺到的時候，日菜停下手頭上的工作看著我。

我也筆直地面向她。

「吶大和，這次跟我說吧。為什麼——要遠離我呢？」

原本該於一年前詢問的問題，她終於說出口了。

一瞬間，我猶豫了。

不管理由是什麼都會變成藉口，為了不傷害到妳之類的。

我將這份糾結埋於心中，正面對著日菜說道。

「……老實說呢，那個時候，我一直很痛苦。」

「痛苦……痛苦什麼？」

面對疑惑的日菜，我慢慢地表明自己的心情。

「和人在一起的時候、啊。要附和不感興趣的話題、明明不覺得有趣卻要跟著笑、為了他人而接下麻煩的事情，我其實全都很討厭。不斷重複做著這些事後，我都覺得自己在撒謊。」

對我來說是痛苦的時間，但對日菜來說是珍貴的時間吧。

我不願意踐踏她的這份回憶，所以到現在我都難以開口。

不過，如果是日菜的話一定能接受。我是這麼想的。

「和大家在一起的時候，我就感覺像是被蠶絲勒住脖子般喘不過氣。但我認為這種感情是絕對不能承認的。」

明明跟重要的朋友和夥伴在一起，抱有這種情感是不道德的，身而為人是不應該的，我總是對自己這樣說。

所以，這讓我更加痛苦，無法將這份宛若背叛的情感訴諸任何人……無論是誰，不，無論和誰在一起的時候，我都感到無比孤獨。

「但是……就算不承認，那份情感永遠在那。退社的時候，懷抱的責任感與緊張感就有如被剪斷的線。在這之後，就再也無法違逆那份放鬆感。」

那就是，我結束跟日菜關係的理由。

多麼薄情啊。

擅自帶她出來又擅自搞好關係，然後再擅自放手離去。

「結果，我覺得和妳一起摺紙鶴的時候最開心。我覺得那樣就好了。」

沒有必要再交更多的朋友。

明明重要的事不是那點，當時的我卻在關係破裂前都沒有察覺。

「很奇怪對吧？明明將妳帶進人群的是我……卻也是我終止兩人的關係，最終，痛苦地逃走。」

回頭想想，我真是個愚蠢的男人。

「為什麼……那時候不跟我說這些呢？」

日菜像是壓抑著各種情感，緩緩地擠出一句話。

「因為我一直把妳當作摯友喔。」

我直面著日菜說道。

「跟妳說的話，妳會陪在我身邊吧？明明想待在人群中，卻壓抑著。」

「那個……」

日菜欲言又止。

因為自己都無法否認吧。

「我啊，討厭那樣。如果我能一直忍耐下去就好了，但我做不到……雖然如此，卻又不希望日菜變得跟以前一樣。」

——於是我選擇離開。

仙杜瑞拉已經前往舞會，就沒有魔法使出場的必要了。

所以我們的故事，便迎來結局。

「這樣啊……嗯，這樣啊。」

像是在咀嚼這番話，日菜不斷地點著頭。

「抱歉啊。」

說出道歉的話後，覺得拔除了一根刺在心中的刺。

「不會，該道歉的是我。我竟然完全沒察覺到大和的痛苦。明明覺得自己是你最好的朋友，一直受到大和的幫助，卻沒能幫上大和……那個時候，應該好好跟你吵一架呢。」

日菜有些懊悔的樣子，深深地嘆了口氣。

「但是，終於說出口了。雖然沒有吵架，但總算說出心裡話，覺得爽快一點了。」

接著，她露出燦笑。

「終於，在各方面上有結束的感覺呢。」

「是啊。」

我也露出同樣的笑容。

我們沒有結束的友誼，終於導向結局。

「吶大和，我們接下來該怎麼辦呢。素不相識？還是朋友？」

日菜的眼眸中寄宿著一些期待。

突然間，戲劇中的想法再次浮於腦海。

——或許是個重新開始的機會喔。

懺悔一切，再次牽起手，回到朋友關係的機會。

如果是現在的我跟日菜的話，一定能順利做到吧。包含了改變跟未改變的部分。

再次從頭開始重新建立兩人關係的契機。

面對這個契機，我——

「誰知道呢。我們都跟以前不同了。想要繼續當朋友的話就繼續當，不想的話，保持距離也可以。」

——我靜靜地揮跑那個幻想。

「真冷淡呢。」

日菜苦笑著。

「抱歉呢，這似乎就是我現在的距離感。不過，即使如此——」

「嗯，即使如此，也不代表我們過往的友誼消失了。」

搶先一步，日菜說出跟我一樣的感受。

一起摺紙鶴。一起練習籃球。一起聊些五四三。

那個事實，因此收穫到的感情，都不會不見。

「對，正是如此。」

仙杜瑞拉已經前往舞會，就沒有魔法使出場的必要了。

——但是，這絕對不是壞結局。

至少在分開之後，仙杜瑞拉跟魔法使都能幸福的話，那一定就是完美結局。

當某天某時仙杜瑞拉跟魔法使再次相遇的時候，一定能夠歡顏笑語。

「大和，我這邊沒問題了。你還有想去的地方吧？」

不久，日菜像是吹走一切煩惱般，露出開朗的笑容。

「什麼『沒問題了』，還有很多呢。」

面對環視四周的我，日菜給我看她的手機螢幕。

「沒問題。我有好好地尋求幫助。現在我能依賴的，可不是只有大和喔。」

「……這樣啊。」

聽到她的話，稍微覺得有點寂寞，但更多的喜悅卻止住這份寂寞。

「那麼，我就恭敬不如從命喔。」

「嗯，加油喔。」

接著，我在曾經的親友目送下，離開通道。

回過神時，我已經漫無目的地漫步於走廊上。

——想要見到。

僅靠著這份心情，我的身體動了起來。

——想要見到，只是想要見到。

想要見到結朱。好好碰觸她，想確認她的存在。

是因為跟日菜的事情已做了決斷吧。這份衝動，猶如打開鎖般向外四溢。

但是，像是被避開一樣，遲遲找不到她的身影。

「是跑去哪了……」

我氣喘吁吁地環顧走廊上的人群。

手機也理所當然地無法接通。

應該跟日菜一樣，那傢伙的手機也關機吧。

「為什麼……」

為什麼，不打算見我呢。

跟日菜不同，不是因為忘記開機吧。

那傢伙，是依照自己的想法，為了不跟我見面而關機。

「……開什麼玩笑啊。」

我咬著牙，再次邁出步伐。

『有種，我一直獨占它好嗎……這樣想著。』

我怎能忍受，她以那樣寂寞的話語，像是迎來什麼結束。

我怎能忍受，她一直露出那樣悲傷的笑容。

結朱總是那樣。

明明是個自戀狂卻不以自己為中心，無論何時都想取悅別人，結果，也總是以傷了自己做為結束。

然而，那傢伙卻覺得這樣就好，一笑置之。

明明不算好，明明內心在哭泣，那傢伙還是一笑置之。

——我無法接受，那樣的事。

「那個自戀狂……我一定要找到她。」

在決心的推動下，我走向操場。

隨後，我看到某個身穿跟結朱同款斗篷的魔女裝的背影。

「那是……!?」

我穿過重重人群，追上那個女生來到她的面前。

「咦，和泉？」

但是，那不是結朱。

是同樣打扮的小谷。

「真的，是和泉啊。」

「一副急急忙忙的，怎麼了？」

站在她旁邊的是，似乎正處於休息時間，恢復一般裝扮的生瀨，以及一瘸一拐的櫻庭。

看來是三個人一起逛文化祭。

「不，抱歉，認錯了。」

我昏昏沉沉的腦袋總算冷靜了下來。

我一個深呼吸，看向生瀨。

「生瀨，剛才多謝了。」

「嗯？喔，別在意。小事一樁啦。」

生瀨爽快地揮揮手回應我的感謝。

「吶，你剛才說認錯人了，你在找誰？」

被我誤認的小谷，皺著眉疑問。

「啊，在找結朱……你們沒有在一起啊？」

我一問，三人都愣住了。

「沒有，不清楚耶。我剛才去更衣室打完招呼後，馬上就跟亞妃會合了。」

櫻庭看向小谷，她也點點頭。

「嗯，是有打算約她，但手機不通……對吧？」

被他們看著的生瀨，一臉難以啟齒地看著我。

「嗯，難得的文化祭，她為了跟和泉一起逛時不被打擾所以關機，就想說算了。」

原來如此。就他們的立場來說，這是理所當然的選擇。

「……我知道了。謝謝。」

我跟三人致謝後，轉身離去。

「和泉，要幫忙嗎？」

在我身後的櫻庭擔心地說著。

我轉過頭去，露出苦笑。

「不用，你還帶著腿傷呢。心意我收下了。而且——」

我將視線從他們身上移開。

「——我已經知道她在哪裡了。」

我跟他們三人分開後，回到校舍，緩緩地走上階梯。

儘管開放的一到三樓都充滿喧鬧，一走進四樓馬上安靜下來。

是個遠離塵囂、毫無人煙的空間。

一邊有種迷失在異空間的錯覺，一邊走著走著，看到那傢伙。

「呦，害我找了好久。」

我停下腳步，說道。

「…………」

在我眼前的是——傑克南瓜。

告訴我日菜的去處，那個南瓜頭的吉祥物。

『找到柊同學了嗎？』

那傢伙在素描本上寫下這句話。

「有，多虧妳了，結朱。」

「………………」

傑克南瓜僵住了。

我接近那傢伙，緩緩地取下南瓜頭。

果然——裡頭出現結朱的臉龐。

「……為什麼你會知道呢？」

看到我一臉得意，驚訝的結朱突然回過神來，詢問道。

「當然是愛的力量囉。我怎麼可能注意不到我最愛的女友呢。」

或許是不喜歡我的回答，結朱仍板著臉。

「總是這樣馬上就糊弄過去。」

確實，如妳所說。

我們是假情侶，一路走來在曖昧上、許多事情上都採取糊弄手段。

「剛才遇到生瀨。那傢伙以為我跟結朱會一起逛文化祭。明明不是那樣。生瀨應該知道我在找日菜才對。」

那樣的他，卻認為我跟結朱一起逛文化祭，明顯很奇怪。

順著這點思考，就會產生各種疑問。

本不應該知道我跟日菜關係的生瀨，光我說出「你有看到日菜嗎？」，毫無疑問地聯想到柊日菜乃時就顯得不自然，以及明明身為警備員的他，為何會待在沒有普通客人的四樓等等的原因。

「所以，跟我說日菜在哪裡的傑克南瓜，並不是生瀨。」

在我道謝的時候，生瀨想起來的，一定是詢問占卜館的事情。

「……這樣啊。露餡了呢。」

結朱像是為自己的失誤感到害羞般，輕輕笑了起來。

「真是的，折騰這麼多。妳把服裝脫了吧。」

我一邊嘆氣一邊責備，結朱卻輕輕地歪著頭。

「但是，這下面是吸血鬼裝喔。」

「現在沒差。反正只有我看到。」

我這樣一說，結朱稍微吃驚地瞪大眼睛，隨後彆扭地嘟起嘴。

「……什麼嘛。果然在吃醋嘛。」

「或許吧。」

可能是對我直率地回答感到意外，結朱陷入沉默。

面對那樣的她，我提出一個疑問。

「吶，妳是知道我要去見日菜嗎？」

不，其實也不用問，她一定知道。

不然的話，這樣的變裝就毫無意義了。

「嗯，多少能想到。」

如同我的預想，結朱靜靜地點頭。

「明明是這樣……卻還是跟我說了啊。」

——到底，是用怎樣的心情呢。

當我詢問日菜去處的時候。

在告知後，目送我離開的時候。

「大和也是，在我跟颯太他們關係快要分崩離析時，幫了我。所以我也想回報你。」

但是，她為了不讓我察覺她的內心想法，故意笑著說道。

「……但是不行啊。老實說，非常想要阻止。欸，即使如此還是忍下來了，真不愧是我。」

她一如往常的壞習慣。

內心和表情不一致，被外貌和高溝通力束縛的生活方式。

「嗯，多虧妳，我跟日菜把話說開了。謝啦。」

但是，這次確實是我被她拯救了。

所以我坦率地感謝後，結朱的肩膀抖了一下後，低下頭。

「這……樣啊。嗯。原本，大和的歸宿是那邊才是。你們和好，接著回到那邊，我覺得是個完美結局喔。」

結朱的聲音微微顫抖，打算目送我離開。

我嘆了口氣，責備這種草率的決定。

「妳傻了啊。我又不想回到過去，也不打算加入籃球社。跟日菜的關係早就跟過往不同。」

沒錯。

雖然被拯救了，也道謝了——但我還是無法認同。

結朱這傢伙竟然打算犧牲自己來迎接結局。

聽到我的話，結朱有些困惑地窺視我的表情。

「為什麼……」

面對她的詢問，回答只有一個。

我用深呼吸調整心情，然後將它編織為語言。

「妳啊，戲劇演出的時候，說我是為他人努力的傢伙吧？」

「嗯，對。」

結朱點了點頭，我則苦笑地回答。

「那件事，大錯特錯呢。我以前也是這樣想，但很遺憾，我不是那種濫好人。因為搞錯那一點，我的國中時代才會失敗。」

當我把這份痛苦用語言說出，並意識到的時候，已經是一切都結束之後。

「大和……」

「我無法為他人努力。我只為，重要的人努力。」

聽到我的話，結朱似乎想到什麼，彆扭地說道。

「……不過，這次卻幫忙了啊。那不就表示柊同學是重要的人吧？明明是這樣，那為什麼不回到籃球社呢？」

面對結朱的問題，我稍微愣了一下。

這傢伙肯定早就知道答案了，還故意問出這種惡趣味問題。

「那個，不說不行嗎？」

「不是不行，但我希望你說出來。」

結朱的眼眸混雜著不安與期待，直勾勾地盯著我

看到她露出這種表情，非得回答不可呢。

我嘆了口氣後，既不打算模稜兩可也不打算敷衍了事，說出唯一的事實。

「——我是因為結朱在這裡。所以，我的歸宿是這裡就好。」

啊，可惡，臉好燙啊。

我不禁轉過頭去，從背後聽到輕笑。

「大和，說了超級羞恥的話呢。」

「是妳要我說的吧。」

我不禁彆扭地回嘴。

真是的，早知道不說了——我這麼想著的時候，結朱突然撲入我的懷中。

「不過我好開心，謝謝你。」

比我略低的體溫，以及恰好能一把擁入懷中的香肩。

為了不讓我看到她的表情而將臉埋在我的胸口，但可藏不了通紅的耳朵。

「……不客氣。」

為了回應那樣的女友，我盡可能回以溫柔的擁抱。

文化祭的第二天。

今天的籃球社一切順利，改去協助班上展出項目的我，在午後一點後，終於得以休息。

「好累啊……被瘋狂使喚呢。」

我步履蹣跚地走進人山人海的校園中。

話雖如此，我的勞動度跟班上的其他人比起來還算輕鬆，沒什麼好抱怨的。

「好餓啊……去買章魚燒吃吧。」

我環顧四周，朝著最近的攤位進擊。

所幸這攤販似乎不怎麼受人關注，沒怎麼排隊就到達攤位前。

「歡迎光臨……啊，大和。」

被喊到名字後我抬起頭，發現在攤位上翻轉著章魚燒的人是日菜。

「呦，這攤位，原來是日菜的班級展出的啊。」

「對，大和來買午餐嗎？」

即使正在跟我對話，日菜還是俐落地插起章魚燒放進盒中。

「喔，那給我一點優惠吧。」

「沒問題。多給你一雙筷子吧。」

「這是最不需要的吧。一雙就夠了。」

我迅速拒絕，日菜稍微疑惑。

「咦～不過要跟七峰同學一起吃的話……啊，不需要啊。嗯，抱歉喔。」

「喂，妳剛才很明顯想到奇怪的事情吧。像是『因為會啊～的餵食，筷子一雙就夠了。』」

「不是嗎？」

「才不是。別露出那種詫異的表情。」

面對一副打從心底覺得不可思議的日菜，我板著臉回答。

「這樣啊。明明給人一種超級喜歡七峰同學的氛圍，原來沒有想像中的親密呢。」

「給我等等。我怎麼不記得我有散發出那種氛圍。」

聽到日菜輕描淡寫地說出不能聽漏的事情，我發出抗議。

「不對不對，確實有喔。因為代演的時候，七峰同學其實是記得魔法使臺詞的，大和明明知道卻不說破吧？而且，為了顧慮女友才接下魔法使一角，對吧？」

「…………」

「啊，不說話了。大和真好懂呢。欸～男友跑去演其他女生的王子肯定會討厭的。大和顧慮到那份嫉妒才會讓出王子角色，不是很有那種氛圍嗎？」

對於日菜的察覺，我擺出撲克臉。

「吵死了，妳想太多了。」

「哼哼，就當作是那樣囉。好，章魚燒一份，五百日幣。」

日菜自然地無視我的抗議，將商品遞給我。

雖然不能釋懷，但我還是乖乖付了錢。

「聽好囉……姑且跟妳說一聲，這是我自己要吃的。就跟國一文化祭的日菜一樣。」

「有一句話是多餘的！」

以她的黑歷史回擊後，日菜受到了暴擊。

笑著滿臉通紅的她時，我忽然想起一件事。

「啊，話說回來，日菜，想問妳一件事——」

接著，我詢問了某件事。

隨後日菜點個頭，指著校舍的方向。

「對喔，那樣的話，我記得三年級展出的店面剛好有適合的。」

「嗯，謝啦。」

面對道謝並準備離去的我，日菜投以溫熱的目光。

「真是的，還說什麼『才沒有晒恩愛』呢。現在不就是氛圍進行式嗎～？」

「吵死了。」

我板著臉回她，日菜輕笑了幾聲。

「欸，加油囉。」

「……好。」

我輕點頭，這次真的離開她身邊了。

——過往的友誼已消散。

日菜已經不像以前一樣對我抱以憧憬，我也沒有不得不保護日菜的心情。

從嶄新的狀態開始的全新關係。

或許可能變成陌生人，也可能再次成為朋友，未來關係尚不明朗的兩人。

但是，那樣就足夠了。

比起那個時候更加堅強的日菜，以及比起那個時候更加輕鬆的我，一定比那個時候還要幸福。

終章

第二天的文化祭也結束了。

與緊張刺激的第一天相比，第二天沒發生什麼意外順利結束，我跟結朱完成班上的任務後，就普通地享受起展出項目，終於觀賞了演員正確的仙履奇緣，就這麼度過今天。

「哎呀～好開心啊。」

夕陽下的校園一角。

在一般的客人都離去後，人口密度變低的場所，我跟結朱放空地站著。

「是啊，不過一想到從明天開始又得正常上課就覺得煩。」

我一邊看著其他人準備著後夜祭的營火晚會，一邊回應後，結朱則斜瞪了我一眼。

「不是說好不要提那件事的。太不解風情囉～大和。」

「非常抱歉。畢竟我是不會看氣氛的陰角。」

即使我聳著肩道歉，可能是不喜歡我的態度吧，結朱不滿地碰的一下敲著打我的腹部。

「慶典還沒結束呢，得享受到最後一刻喔。」

「是啊。」

是因為緊張刺激文化祭結束後的反彈吧。

我跟結朱之間，充滿一種懶洋洋的氛圍。

這時，我忽然想起某個約定。

「對了，結朱。這個。」

我將本次文化祭中準備好的某樣物品，從口袋中拿了出來。

是一個精美包裝起來的小盒子。

「這是什麼，我可以打開嗎？」

「嗯。」

儘管一臉不可思議的表情，結朱還是小心翼翼地拆開包裝。

盒子中裝著的是，一條帶有四葉幸運草的項鍊。

「哇……怎麼回事？這個。」

或許是出乎意料吧，結朱訝異地雙眼圓睜

「文化祭上有攤位在賣這個，就買了。之前妳不是出了習題給我？」

『大和哪天也得好好送我一個珍貴的禮物才行。這是做為男友的課題喔。』

想說機會難得，就跟日菜詢問三年級展出的飾品攤販所在處，前往並買下。

「……你還記得啊。」

結朱的雖然聲音有些動搖，像是想掩飾表情般低下頭。

「算是吧。習題及格了嗎？」

看到她的反應我安心下來時，結朱點頭。

接著，她將項鍊遞給我。

「吶，大和幫我戴上吧。」

「我嗎？」

「嗯，難得的機會嘛。」

雖然意外於結朱的請求，我還是接下項鍊。

「是沒差，但我不太會喔？」

「沒關係。我想讓大和幫我戴上。」

說到這種程度就沒辦法了。

我站到結朱的面前，雙手繞到脖子後。

以正面擁抱般的姿勢，絕妙的近距離讓人心跳加速的同時，將注意力集中在釦起項鍊上。

「那個，這樣……好，釦好了。」

雖然花了點時間，但在指間的感覺下應該成功釦上了。

我鬆了口氣，準備離開結朱身邊的那個時候。

「謝謝你，大和。」

當我覺得聽到什麼喃喃細語時，結朱環住我的腰，拉向自己。

「咦——」

結朱的嘴脣碰觸到僵直的我的臉頰。

碰觸只是一瞬間。

感覺卻像是永恆的一瞬間後，結朱馬上退開。

「什……咦，妳……啊!?」

我不禁按著自己的臉頰呆愣當場。